Bibliografische Information der Deutschen Nationalbibliothek: Die Deutsche Nationalbibliothek verzeichnet diese Publikation in der Deutschen Nationalbiografie; detaillierte bibliografische Daten sind im Internet über dnb.dnb.de abrufbar.

Herstellung und Verlag: BoD – Books on Demand, Norderstedt

ISBN: 978-3-7519-3227-1

Was man als angehender Heide so alles erleben und überleben kann

Inhaltsangabe

Was man als angehender Heide so alles erleben und überleben kann

Einleitung

Als Autor dieser fast alle selbst so oder zumindest so ähnlich erlebten Geschichten möchte ich zunächst auf mich selbst und meine ganz persönlichen Lebensumstände eingehen, um dem Leser ermöglichen zu können die einzelnen Sachverhalte wenigstens ansatzweise aus meiner, mitunter recht eigenwilligen, Perspektive wahrnehmen zu können.

Ich bin in einer unauffälligen Familie in Berlin-Kreuzberg aufgewachsen, habe Geschwister und habe zwei unterschiedliche Berufe erlernt. Allerdings wohne ich inzwischen schon seit einiger Zeit nicht mehr in Berlin, sondern auf dem Dorf. Ich arbeite seit vielen Jahren in meinem zuletzt erlernten Beruf und habe dies auch weiterhin vor, zumal meiner Familie diese Berufstätigkeit hilft ein gutes wirtschaftliches Auskommen gesichert zu bekommen.

Ich bin ein, wie meine Frau behauptet, glücklich verheirateter Familienvater und habe auch hierbei vor dies weiter zu bleiben, was ich nicht etwa schreibe, weil meine liebreizende Ehefrau gerade mit einem Knüppel in den Händen hinter mir steht, sondern weil ich damit einfach zufrieden bin. (Jedenfalls sagt das meine Frau und weist dabei gerne darauf hin, dass dies auch sehr meiner weiter bestehenden Gesundheit und einem weiterhin unfallfreien Leben förderlich wäre.) Selbstverständlich hat sie damit wie immer Recht.

Natürlich ist dies auch die Stelle, an der ich mich bei meiner lieben Frau dafür bedanken darf, dass sie bisher stets großmütig meine neuheidnischen Aktivitäten geduldet oft auch erduldet hat.

Seit etwas über 11 Jahren interessiere ich mich zunehmend mehr für die früher in Europa vermeintlich praktizierten, vorchristlichen Riten und religiösen Vorstellungen oder eher wohl für das was davon noch übrig ist oder gar wieder neu praktiziert wird. Die Suche nach Gleichgesinnten und was ich dabei so alles erlebte und sogar überlebte, mit welch lustigen und oft auch weniger erheiternden Leuten ich zusammentraf, wie ich diese Leute und Gruppen traf, sollen einige dieser folgenden Geschichten, nicht immer bierernst gemeint aber gelegentlich auch durch das ein oder andere Bier gefördert, aufzeigen.

Ich nehme es vorweg, ich hatte viel Spaß, oft eher unfreiwillig. Ich vermute, dass Gleiches eventuell auch andere über mich behaupten dürften und Recht hätten sie. Denn nichts ist vielfältiger und teils gegensätzlicher als die vielen neuheidnischen Strömungen. Da treffen oft Leute aufeinander, die ganz unterschiedliche Sozialisationen und Vorstellungen haben und nicht alle passen immer zueinander. Da ich meine ersten Kontakte im

Großraum in und im Umland von Berlin hatte, trifft dies auch in ganz besonderem Maße auf meine Erlebnisse zu. Wenn es nämlich so etwas wie ein Zentrum der Verwirrung gäbe, so wäre dies sicher in Berlin ansässig und das birgt eben auch Potenzial für wunderliche Begegnungen und Erlebnisse jeglicher Art aber gleichzeitig kann man auch immer wieder positiv überrascht werden.

Bei mir überwogen bisher stets die angenehmen Erlebnisse. Als Familienvater bin ich ohnehin darin geübt Unangenehmes nach Erledigung schnell dem Vergessen anheimfallen zu lassen.

Noch eines, ich habe vieles ähnlich wie geschildert erlebt, das meiste sogar. Zumindest eine Geschichte ist fast frei erfunden aber stark von vielen Erlebnissen in der Heidenszene inspiriert worden, das ist die Geschichte vom „Gefährdungslagebild für Vorstandsmitglieder in Heidenvereinen", hier ging meine Phantasie fast vollends mit mir durch.

Auch möchte ich klarstellen, dass ich dieses Buch schrieb um all die liebenswerten Typen, Situationen und Erlebnisse rund ums Heidentum zu beschreiben und an keiner Stelle beabsichtigt wurde jemanden oder irgendwas vorzuführen. Deshalb nenne ich auch keine Vereinsnamen oder Gruppenbezeichnungen, abgesehen von „meinem" eigenen Verein und „unserer" regionalen Gruppe dieses Vereins.

(Volker Meyer, Frühjahr 2020)

Von der Suche nach Neuheidnischem und deren Gruppen

(Hier gehe ich anders als später nur auf die mir aufgefallenen und kontaktierten Vereine ein, die Gruppen und Stammtische lasse ich vorerst aus und gehe darauf später nochmal genauer ein in einem weiteren Thema. Daher wird hier zunächst erst einmal von drei Vereinsgruppen die Rede sein und nicht von den insgesamt fünf Vereinen und Gruppen, sowie Stammtischen mit denen ich Kontakt hatte, ich bitte dies im Gedächtnis zu behalten).

Als ich vor etwa 11 Jahren anfing mich für die alten, vorchristlichen Riten, Bräuche und soweit überhaupt noch fassbar, religiösen Vorstellungen der alten europäischen Völker, vor allem Mitteleuropas, zu interessieren, fand ich im Internet völlig unerwartet Hinweise darauf, dass es heute inzwischen Menschen gibt, die diese Riten oder das was sie dafürhalten, wieder praktizieren. Mir war klar, dass dies in meiner Region zuletzt slawischsprachige Völker waren aber deren Riten werden meines Wissens nach hier, zur jetzigen Zeit jedenfalls, von keinen neuheidnischen Gruppen praktiziert. Allerdings fand ich auch Gruppen im Internet, die sich darum bemühten die vorchristlichen Riten von Völkern der einst germanischsprachigen Kulturgruppen neu zu beleben. Eine der vielen Selbstbezeichnungen dieser Gruppen ist Asatru aber es gibt deren auch viele andere Selbstbezeichnungen, die genau das Gleiche meinen wie etwa Neuheidentum, alter Weg, alte Sitte und so weiter. Das hat meine Suche nicht unbedingt vereinfacht, stellte aber nun auch kein unüberwindliches Problem dar, wenn erst einmal klar war, dass es eben keine einheitliche Bezeichnung, die von allen Betroffenen getragen wird, gab und gibt.

Da ich wenig Lust verspürte auf Spinner, Fanatiker oder gar irgendwelche Extremisten zu treffen, gab ich mir Mühe sorgfältig zu recherchieren und derartige Gruppen von vornherein durch mein Suchraster fallen zu lassen. Meist ist mir dies auch gelungen obwohl ich auch lernen musste, dass auch ein noch so deutlicher Verweis von einigen Gruppen darauf auf dem Boden der freiheitlich demokratischen Grundordnung und unserer Verfassung, dem Grundgesetz, zu stehen, nicht immer und unbedingt heißen muss, dass dies von denen auch ernst gemeint ist. Aber zum Glück bildeten diese Leute bei meiner Recherche eher die Ausnahme und um diesen Menschen keine Plattform zu geben gehe ich auf derartige, frustrierende Erlebnisse und Gruppen hier auch nicht weiter ein.

Ich fand also bald eine erste Gruppe, die mein Interesse weckte und im Internet als Verein auftrat und darauf hinwies deutschlandweit aktiv zu sein und gar weltweit einige Mitglieder zu haben und sich sogar gelegentlich auch zufällig in meiner Nähe traf. Eine erste Kontaktaufnahme über deren Internetforum verlief erstaunlich unproblematisch, ich wurde auch zu meinem ersten Treffen mit dieser Gruppe eingeladen und nahm auch daran teil, jedenfalls versuchte ich das. Zuvor war mir zwar aufgefallen, dass das Vereinsforum dieser Gruppe für die angegebene zumindest deutschlandweite Verbreitung erstaunlich übersichtlich war und für die angegebene Anzahl der angeblichen Mitglieder, Freunde und Förderer auch sonst wenig Bewegung im Vereinsforum stattfand. Ich muss kurz erklären, dass zu dieser, noch gar nicht so lange zurückliegenden Zeit, Internetforen bei Heidengruppen und Heidenvereinen noch weit verbreitet waren bevor diese immer mehr von Facebook und ähnlichen Medien ergänzt und zurückgedrängt wurden.

Ich ging also nun zu dem anberaumten Treffen und sollte an einem Waldparkplatz in Berlin-Köpenick auf besagte Gruppe treffen. Ich konnte trotz übermäßiger Pünktlichkeit dort keine Gruppe wahrnehmen. Nach einer angemessenen Wartezeit fuhr ich wieder nach Hause und zweifelte zunächst daran überhaupt auf dem richtigen Waldparkplatz gewesen zu sein. Erneut nahm ich an den Folgetagen Kontakt mit dieser Gruppe auf, die mir versicherte ich wäre zur richtigen Zeit auf dem richtigen Waldparkplatz gewesen.

Das kam mir jetzt doch etwas sonderbar vor, aber ich wurde prompt und freundlich zum nächsten Treffen dieser Gruppe erneut eingeladen. Einige Zeit später fand dieses Treffen auch statt und ich fuhr also wieder zu diesem Waldparkplatz. Diesmal wollte ich also ganz sicher gehen diese Gruppe nicht wieder zu verfehlen und sprach also gleich einige kleinere

Personengruppen an, ob sie also besagte Gruppe wären. Dass ich dabei nicht als aufdringlicher Waldschrat, der plötzlich und unerwartet grundlos fremde Leute auf einem abgelegenen Waldparkplatz belästigt einer vermeintlich verdienten Bestrafung anheimgefallen bin, ist weniger dem Umstand zu verdanken, dass ich ja gar nichts Zwielichtiges im Sinne führte, sondern eher dem Umstand, dass die dritte Person die ich ansprach tatsächlich zu dieser Gruppe gehörte und diese mich auf eine kleine Lichtung im Wald zum Rest dieser Gruppe führte.

Meine Überraschung darüber, dass sich dort lediglich ein Grüppchen, das aber als Verein auftrat und eingetragen war, im einstelligen Stärkebereich befand, wich der Einsicht, dass dies sicher auch der Grund dafür war, dass ich beim ersten geplanten Treffen diese Gruppe nicht finden konnte. Die waren halt wegen der geringen Gruppenstärke schnell zu übersehen, vor allem wenn man einen angeblich deutschlandweit agierenden Verein erwartet. Sicher hatte ich aufgrund der Gruppenbeschreibung und deren Angaben auch fälschlich einfach erwartet, dass ja eigentlich der Waldparkplatz, zumindest aber die Lichtung auf der sich getroffen wurde, ja geradezu vor Menschenmassen hätte überquellen müssen. Ob da wohl, eher der Wunsch Vater der Gedanken war? Oder eine übertriebene Gruppenselbstdarstellung? Oder ich selbst mir mehr gewünscht habe als reell zu erwarten gewesen wäre? Wer weiß das schon?

Egal, ich hatte nun also ein erstes Mal mit einer Heidengruppe mitfeiern dürfen und war zunächst weder verschreckt noch übermäßig enttäuscht, dafür aber neugierig darauf was ich mit und bei dieser Gruppe noch erleben könnte. Ich habe dann tatsächlich noch einige Treffen mit dieser Gruppe mitgemacht, habe aber zum einen nie erlebt, dass diese Gruppe bei auch nur einem einzigen Treffen aus dem einstelligen Bereich der aktiven Vereinsmitglieder hinausgekommen ist, jedenfalls habe ich nie mehr als einstellige Mitgliedertreffen erlebt. Außerdem merkte ich nach einiger Zeit, dass diese Leute auch irgendwie ganz andere Vorstellungen vom Leben und auch von Gruppendynamik hatten als ich. Ich gebe an dieser Stelle zu, ich bin wohl ein Spießer. Kurz diese Gruppe war mir viel zu hierarchisch gegliedert und das bei einer so sehr kleinen, übersichtlichen Mitgliederanzahl, jedenfalls für meine Vorstellungen und so trat ich aus dieser Gruppe aus und suchte weiter.

Als nächstes fand ich eine Neuheidengruppe, die auch angab in weiten Bereichen in Deutschland aktiv zu sein, allerdings gar keine Mitglieder in meiner Nähe hatte und ebenfalls einen Vereinsstatus hatte. Zumindest ging diese Tatsache sofort aus deren damaligen Vereinsforum ganz klar und unumwunden, ganz korrekt hervor. Das kam mir für den Großraum in und um Berlin herum mit geschätzt 4-5 Millionen Einwohnern im näheren Einzugsgebiet zwar auch ungewöhnlich vor, aber ich fahre gern Auto (ja ich stehe zu meinem negativen ökologischen Fußabdruck in dieser Beziehung) und außerdem bin ich auch bereit längere Strecken in Kauf zu nehmen, wenn mir eine Sache wichtig genug ist. Auch hier wurde ich freundlich eingeladen an einem Treffen teilzunehmen und fuhr also auch eine ordentliche Strecke zu diesem Treffen, das gleich über mehrere Tage geplant und gut organisiert war, zu einem geringen und durchaus angemessenen Selbstbeteiligungskostenbeitrag. Ich hatte auch nicht den Eindruck, dass diese Gruppe so hierarchisch gegliedert war wie die erste Gruppe. Außerdem war deren Vereinsforum im Internet auch etwas frequentierter und bei den Treffen, die ich dort mitmachen durfte, waren auch immer wenigstens um die 20 Personen anwesend, die allerdings alle jeweils aus ganz Deutschland zusammengekommen waren. Aber so ganz wollte auch hier nicht der Funke überspringen, zwar fühlte ich mich dort nicht unwohl, aber mir fehlte nach einiger Zeit einfach der regionale Bezug, wenigstens eine Hand voll Leute, mit denen ich in meiner unmittelbaren räumlichen Wohnumgebung gelegentlich mal leicht zusammenkommen konnte. Kurz ich blieb nicht mal ganz ein Jahr in dieser Gruppe und trat dann wieder aus, ich musste weitersuchen.

Selbst ich lerne ja gelegentlich dazu, obwohl meine Frau nicht müde wird zu jeder passenden wie unpassenden Gelegenheit auf meine Beratungsresistenz und Sturheit hinzuweisen. Also lenkte ich meine Recherche im Internet auf Gruppen, die auch in meiner Region aktiv sind aber auch einen größeren, bevorzugt deutschlandweit aufgestellten, Verein im Hintergrund haben. Davon fand ich gleich zwei, beide hatten auch Stammtische organisiert, zu denen man kommen konnte um diese Vereine mal ungezwungen kennenzulernen. Eine dieser Gruppen konnte für sich in Anspruch nehmen (und kann dies auch heute noch) der deutschlandweit, mitgliederstärkste Heidenverein der Asatru-Richtung zu sein, mit gegenwärtig etwa 370 Mitgliedern, damals noch etwas weniger. Diese Gruppe habe ich dann in meinen Fokus genommen, zum Glück.

(Dazu dann in einem späteren Beitrag noch mehr, indem ich genauer auf das konkrete sich bekanntmachen und die Kontaktaufnahmen eingehen werde, auch auf die Gefahr hin mich etwas zu wiederholen, denn das noch folgende Thema „Freundschaften und Bekanntschaften in Gruppen und Vereinen" hat einige Schnittmengen mit diesem Thema).

Ich war gleich beim ersten Treffen positiv überrascht, lauter Leute, die einen recht repräsentativen Querschnitt der Bevölkerung abbildeten. Überwiegend Menschen mit Familien und Beruf und es waren keine unnötigen Strukturen oder gar irgendwelche Hierarchien erkennbar. Noch etwas fiel mir gleich positiv auf, der hinter dieser regionalen Gruppe stehende Verein umfasste tatsächlich und nachprüfbar mehrere Hundert Vereinsmitglieder in Deutschland und damals etwa 15 Aktive in der gerade im Aufbau befindlichen, von mir „heimgesuchten" regionalen Gruppe in meiner unmittelbaren Nachbarschaft. Die damals auch schon stark frequentierte Forumsseite dieses Vereins bot umfangreiche und fachlich für mich interessante Informationsmöglichkeiten über viele Themen zum

Neuheidentum und auch Fachartikel zum Thema, es gab und gibt eine auflagenstarke, für Vereinsmitglieder kostenlose Vereinszeitschrift, die sogar im Handel käuflich für Interessierte zu erwerben ist. Aber das für mich persönlich wichtigste bei dieser Gruppe war der Umstand, dass dies die erste Heidengruppe war, die ich kennenlernte, die damals schon für ihre Feiern einen offiziellen Grillplatz am Waldrand in Berlin-Buch von der Verwaltung jeweils angemietet hatte und dort ganz ungestört feiern konnte.

Zweimal im Jahr wurde durch diesen Verein hinter der regionalen Gruppe sogar ein Großtreffen organisiert bei denen ganze Burgen für einige Tage angemietet wurden, manchmal auch ganze Jugendherbergen oder Feriendörfer. Dabei wurden immer ein umfangreiches Unterhaltungsprogramm und auch Fachvorträge geboten. Auch die jährliche Jahreshauptversammlung fand dabei statt und ich konnte viele Menschen mit ähnlichen Interessen aus ganz Deutschland und aus meiner Region treffen und kennenlernen. Es entwickelten sich sogar gute Freundschaften daraus, kurz das wurde „mein" Verein, „meine" Gruppe bis heute. Ich muss es ergänzen, „unser" Verein, „unsere" Gruppe, denn meine mit mir zusammen im Haushalt wohnenden Familienangehörigen sind ebenfalls eingetreten.

Dazu musste ich auch fast gar keinen Zwang einsetzen und blieb selbstverständlich im Rahmen des gesetzlich erlaubten. Zumindest soweit es mir hierzu notwendig erschien.

Nein, Quatsch, die wollten das wirklich, denn von mir lassen die sich gar nichts sagen, wenn sie das nicht wollen und meistens wollen sie sich nichts von mir sagen lassen. Ein Dilemma, mein Dilemma, aber das ist nun mal nicht zu ändern.

Wie man als Heide (fast) Feuer und Flamme fangen kann

Ich hatte nun endlich meine Gruppe gefunden. Da diese wie erwähnt zu ihren regionalen neuheidnischen Feiern einen Grillplatz am Wald offiziell mietet, darf dort auch Feuer gemacht werden. Natürlich nur wenn es die jeweils aktuell geltenden Waldbrandgefährdungsstufen erlauben. Ziemlich zum Anfang meiner Mitgliedschaft standen wir nun also so um unser Feuer herum, es gab gelegentlich auch einen Schluck Bier oder Met. Natürlich werden bei unseren Treffen immer auch alkoholfreie Getränke wie Saft und Kaffee oder Tee gereicht, denn entgegen einer früher weit verbreiteten Ansicht trinken nicht alle Heiden Alkohol und einige sind gelegentlich sogar nüchtern anzutreffen. Eine Teilnehmerin holte nun allerdings eine Flasche Schnaps heraus um diese im Feuer zu opfern. Unerfahren mit heidnischer Opferpraxis dieser Art, stand ich noch recht nah am Feuer und wollte gerade einen Sicherheitsabstand einnehmen, als die Teilnehmerin den Schnaps auch schon ins Feuer goss und eine eindrucksvolle aber auch hohe Stichflamme entstand. In dieser befand ich mich übrigens. Allerdings weigerte ich mich standhaft Feuer zu fangen und das heidnische Opfer sozusagen durch die Hinzugabe meiner Person als Brandopfer noch zu vervollständigen. Natürlich schäme ich mich immer noch über diese typisch neuheidnische Verweigerungshaltung und erwarte jederzeit meine damit begründbare heidnische Exkommunizierung.

Da wir aber gar keine heidnischen Hierarchien in unserem Verein haben, konnte diese Exkommunizierung bisher, obwohl durch mein Nichtbrennen sicher verdient, nicht erfolgen.

Das nächste Ereignis ähnlicher Art passierte mir nicht selbst aber ich war zumindest persönlich anwesend und habe es miterleben dürfen.

In meinem Verein gibt es regional als Ansprechpartner fungierende Personen, die Herdwarte genannt werden. Diese üben, außer dass sie für Außenstehende bei Nachfragen zum Verein eben ansprechbar sind und Auskunft erteilen, keinerlei weitere Funktion aus. Kurz gesagt, sie sind grundsätzlich also entbehrlich auch wenn deren längerer verbrennungsbedingter Ausfall sicher ein allzu trauriger menschlicher Verlust wäre. Der überaus freundliche und engagierte und seit langem zu meinen guten Freunden zählende Herdwart unserer regionalen Gruppe fühlte sich verpflichtet bei einem unserer Feste das zuvor etwas nass gewordene Feuerholz doch noch zu entzünden. Nachdem sich das Holz nicht wirklich leicht entzünden lassen wollte, entschloss er sich das inzwischen erloschene Holz mittels geeignetem und völlig legalem, sowie ökologisch einwandfreien Brandbeschleuniger zu entzünden.

Soweit so gut, bis zu dem Zeitpunkt als er sich, seinem ökologisch wertvollen Brandbeschleuniger nicht so ganz trauend, beim Anzünden etwas über die Feuerstelle beugte und im Anschluss den zeitlich begrenzten Verlust der Augenbrauen zu bedauern hatte, denn auch er wurde vom Feuer umschmeichelt, weigerte sich aber auch richtig Feuer zu fangen. Wir hatten also wieder Glück gehabt, unsere Götter und Göttinnen lehnen also offensichtlich Menschenopfer, in völliger Übereinstimmung mit dem geltenden Recht, ganz sicher ab. Das zumindest durften wir nun als, von uns schon vorab vertretene Hypothese, nun im unfreiwilligen Selbstversuch als bewiesen ansehen.

Aber es gibt auch Vorsichtsmaßnahmen, die bei den größeren Vereinstreffen von vornherein Gefahrenlagen minimieren. Ein Beispiel dazu möchte ich gerne aufführen. Bei einem der legendären Vereinstreffen auf einer Burg, wurden extrem leckere Cocktails gereicht. Dies fand in einem zur Bar umgebauten romantischem alten Tonnengewölbe im Untergeschoss der angemieteten Burg statt. Gemischt wurden diese Cocktails von einem Vereinsmitglied aus dem medizinischen Bereich, der dies als interessantes Hobby betrieb. Ich selbst genoss einige dieser Cocktails mit der trefflichen Bezeichnung „Zombie" zusammen und in geselliger Runde mit einer Gruppe von schwedischen Gästen des Vereins und einem mit mir befreundeten Ehepaar von der Ostseeküste aus Mecklenburg-Vorpommern. Nach dem zweiten Getränk dieser Art hatte ich den Eindruck fließend schwedisch zu sprechen und jede andere Sprache dieser Welt auch noch. Eigentlich soll aber die Konversation den ganzen Abend wohl in englischer Sprache oder dem was ich und die anderen Gesprächsbeteiligten jedenfalls dafür in diesem Zustand hielten, erfolgt sein. Aber wir hatten alle viel Spaß, insbesondere, weil dabei fast nebenbei das Prinzip des „ärztlich betreuten Saufens" erfunden wurde und wir somit zumindest die Gefahr alkoholbedingter Ausfälle minimieren konnten. Es versteht sich von selbst, dass dabei auch niemand irgendwie Feuer gefangen hat, wie auch? Aber wenn ich jemals doch noch bei einer Vereinsveranstaltung Feuer fangen sollte, dann doch bitte bevorzugt in Gesellschaft mit medizinischem Fachpersonal, das beruhigt.

Was und wen man auf Heidenstammtischen so alles erleben kann

Viele Heidengruppen haben regelmäßig oder unregelmäßig stattfindende Stammtische, die oft auch für Leute offen sind, die dieser Gruppe gar nicht angehören. Das sind dann sognannte offene Heidenstammtische. Die Idee dahinter ist einfach und auch sinnvoll, einerseits können sich die Gruppen auch untereinander außerhalb der meist 8 jährlichen normalen Feste treffen und Kontakt halten, andererseits ermöglicht dies auch Fremden und Interessierten ungezwungen Neuheiden kennen zu lernen und gegebenenfalls die Gaststätte fluchtartig und unerkannt wieder verlassen zu können, wenn es geboten scheint. Allerdings liegt in diesem System auch das Potenzial für Erlebnisse der dritten Art für beide Seiten.

Als ich anfing regionale Gruppen in und um Berlin zu suchen, habe ich 2 unterschiedliche Stammtische besucht, ohne dies zunächst wirklich zu bemerken, deren Teilnehmer sind nämlich teilweise auch auf beiden Stammtischen an jeweils unterschiedlichen Orten gewesen. Bis ich bemerkte, dass der eine Stammtisch gar kein „offizieller" Stammtisch der von mir ins Auge gefassten Gruppe war, dauerte es eine Zeit lang, eben weil einige Mitglieder auf beiden Stammtischen jeweils anwesend waren. Viel später bemerkte ich in meiner damaligen Naivität, dass die eine Gruppe wohl ehemals eine eigene kleine Gruppe gewesen war, die sich zuvor aufgespalten hatte, einige Leute aus der von mir eigentlich gesuchten Gruppe wohl kannte und diese auch eingeladen hatte.

Ich fand beide Stammtische ganz nett und besuchte auch lange Zeit beide Stammtische, obwohl ich irgendwann schon erkannt hatte welcher Stammtisch eigentlich derjenige war, der zu meiner Gruppe gehörte.

Viel später erst lernte ich, dass es wohl hin und wieder vorkam, dass Einzelne aus Kleinstgruppen wohl andere Stammtische aufsuchen um dort nicht nur Kontakt zu halten mit anderen Gruppen, sondern für ihre Kleinstgruppen dabei auch werben wollen. Das trifft meiner Wahrnehmung nach auf die Mehrzahl von Mitgliedern von Kleinstgruppen nicht zu, diese suchen tatsächlich oft nur freundschaftlichen Kontakt und Verknüpfungen mit anderen Heidengruppen, was ich im Nachhinein auch ausdrücklich begrüße, aber es gab eben, meiner Wahrnehmung nach, auch einzelne Ausnahmen, die eben vordergründig eher für sich werben wollten.

Viel interessanter allerdings und auch gelegentlich lustiger aber auch irgendwie nachdenklich stimmend ist, was da an sonderbaren Leuten zu offenen Stammtischen erscheinen können, mit denen man eher vorher nicht rechnet. Ich bin in meiner Gruppe an der Organisation eines Stammtisches inzwischen auch gelegentlich mitbeteiligt. Ich besuche dann unsere Stammtische auch natürlich. Hier nun eine

Beschreibung von Überraschungsgästen, die keiner gebraucht hätte.

Offene und in den sozialen Medien wie in den entsprechenden Foren, Vereinszeitschriften, Facebookgruppen usw. regelmäßig mit Ort und Zeit bekannt gemachte neuheidnische Stammtische werden hin und wieder von Menschen aufgesucht, die keine Gelegenheit haben, sich selbst sonst irgendwo einzubringen. Das liegt einerseits daran, dass diese oftmals vorher schon mehrfach unangenehm aufgefallen sind oder gar sonst überall bereits rausgeflogen sind. Andererseits hatte ich auch den Eindruck gewonnen, offene Heidenstammtische ziehen Randexistenzen geradezu an, so wie Motten vom Licht angezogen werden.

Natürlich erscheinen oft auch sehr sympathische Menschen, die man gerne kennenlernt und die manchmal dabei auch eine Gruppe für sich finden.

Es kann aber auch anders kommen. Einmal erschien bei uns ein Paar, dass sich als Magier vorstellte und uns den ganzen Abend mit ihrem Unsinn auf Harry Potter Niveau begeistern wollte. Nichts gegen die wunderbaren Werke von der Autorin Frau Joanne K. Rowling aber die Harry Potter Reihe ist Unterhaltungslektüre, die vielen Menschen ein unvergleichliches Lesevergnügen bereitet hat. Es war nie als Anleitung für ein praktizierbares magisches Weltbild gedacht. Dafür gibt es sicher andere Lektüre aber das war diesem weniger unterhaltsamen als viel mehr nervendem Paar wohl ungeläufig oder auch einfach nur egal.

Natürlich fehlte es auch nicht an einer Vielzahl von irgendwelchen selbsternannten „Druiden", heidnischen Gralswächtern, sonstigen Oberheiden, Heidenhippies, Baumknutschern und natürlich heidnischen Bastlern, die allesamt versuchten uns das Neuheidentum, die Welt und das tägliche Leben komplett zu erklären, obwohl einige von denen ganz offenbar schon an so selbstverständlichen Dingen wie täglicher Körperhygiene, irgendeiner funktionierenden Lebenspartnerschaft oder schon etwas anspruchsvolleren Dingen, wie der Aufnahme einer geregelten Erwerbstätigkeit, gescheitert waren.

Von solchen Leuten lässt man sich auf dem eigenen Neuheidenstammtisch natürlich ganz besonders gerne belehren. Oder etwa doch nicht? Also was mich betrifft ganz klar lieber nicht. Denn die hatten alle etwas gemeinsam, einen nicht enden wollenden ununterbrochenen Redefluss. Besonders peinlich empfand ich derartiges übrigens immer dann, wenn zusätzlich zu solch einem Sonderling auch mal ein wirklich interessierter, seriöser Besucher kam, dem dann immer erst erklärt werden musste, dass besagte Randexistenz nicht zu unserer Gruppe gehört. Unangenehm aber auch lustig ist dann auch immer der Punkt gewesen, an dem einer wie oben beschriebenen nervigen Randexistenz erklärt werden musste, dass er sein umfangreiches heidnisches Potenzial doch bitte lieber nicht an uns verschwendet, sondern besser eine eigene Plattform sucht, um seine Botschaften in die Welt zu bringen. Nicht alle verstehen eine derart freundliche Ansprache sofort, so dass gelegentlich auch eine

Übersetzung stattfinden musste, in Kurzform: „Hau ab, raus."

Eines haben aber diese oben genannten Sonderlinge fast alle gemeinsam, viele von denen haben nämlich irgendwas zu verkaufen dabei, über irgendwelche selbstgemalten heidnischen Zeichnungen, zu selbstverfassten Büchern, sonstigen heidnischen Dienstleistungen und heidnischen Kalendern.

Ich empfand es stets als aufdringlich, wenn Leute zu Heidenstammtischen zu Besuch kamen, mit denen wir nichts weiter zu tun hatten und die dort den Teilnehmern etwas verkaufen wollten. Wir haben auch stets versucht dies auf unseren offenen Stammtischen zu unterbinden. Ich musste aber auch auf einem anderen Stammtisch, den ich zum Beginn meiner Suche nach Heidengruppen besucht hatte erleben, dass es auch vorkommen kann, dass man einen Stammtisch das erste Mal besucht und sofort, nach ganz kurzer Zeit, an einen der Organisatoren dieses Stammtischs gerät, der einen sofort sein selbstgeschriebenes Buch zum Kauf aufnötigen möchte, darauf vertrauend, dass man aus peinlicher Berührung heraus tatsächlich dieses, zufällig vom „Verkäufer" dabei gehabte Buch dann auch kauft. Ich persönlich halte es für absolut unseriös auf Heidenstammtischen irgendwelche selbst produzierten Bücher, Dienstleistungen, Zeichnungen oder Kalender zum Kauf angeboten zu bekommen, egal ob von einem der unangemeldeten Besucher oder von einem der Stammtischorganisatoren selbst. Ich selbst würde die Seriosität eines Stammtisches oder eines Stammtischbesuchers auch daran messen, dass mir eben nicht irgendetwas zum Kauf offeriert wird. Ein seriöser Stammtisch muss meiner Meinung nach ohne Geschäftemacherei auskommen. Auf einem seriösen Stammtischtreffen bezahlt meiner Meinung nach jeder was er dort in der Gaststätte verzehrt und getrunken hat, nicht mehr und nicht weniger.

Das heißt nicht, dass es nicht interessante und schätzenswerte Produkte mit heidnischem Bezug gibt, die man auch durchaus erwerben und sich daran erfreuen kann aber dafür gibt es andere Handelsplattformen wie für alle anderen Waren auch, die dafür viel geeigneter und auch seriöser sind.

Ich würde die Seriosität eines Heidenstammtischs und seiner Besucher wie auch die Seriosität eines Gastes dieses Stammtischs daran messen, dass mir eben nicht irgendein Produkt aufgeschwatzt werden soll, schon gar nicht bei einem ersten Zusammentreffen.

Übrigens ist unser Stammtisch meiner Gruppe zur Vermeidung von verkaufsorientierten Stammtischbesuchern oder radikalen Typen jeglicher Art sowie selbsternannten Religionsführern als Überraschungsgäste dazu übergegangen den Stammtisch unregelmäßig stattfinden zu lassen und nur Menschen, die sich vorher angemeldet und vorgestellt haben als Gäste einzuladen, das hilft.

Heidnische Kalender

(Eines meiner persönlichen Lieblingsthemen)

In der vorherigen Geschichte wurde es bereits angesprochen, wenn man sich bemüht Kontakte zu Heidengruppen herzustellen, kann es passieren, dass man auf Seiten stößt oder an Gruppen gerät die etwas verkaufen wollen. Das muss nicht grundsätzlich unseriös sein, den Unterschied macht das Medium in dem man sich aufhält und die Intensität des Angebots sowie die offensichtliche Erwartungshaltung zu einem Geschäftsabschluss. Bei Stammtischtreffen und heidnischen Festen haben solche Verkaufsoptionen, wie bereits aufgeführt, meiner Meinung nach gar nichts zu suchen. Bei Großveranstaltungen von Heidengruppen oder Vereinen kann ein getrennter Bereich mit Verkaufsständen durchaus zum Rahmenprogramm gut passen und ein interessanter Bestandteil der Veranstaltung sein, solange sich nicht alles darum dreht und man dem auch jederzeit aus dem Weg gehen kann. Ich persönlich würde den Verkaufsstand mit meinem Lieblingsmet der Sorte „Dunkle Holle" von einem zurecht sehr beliebten Geschäft aus Schleswig sehr vermissen auf der ein oder anderen Großveranstaltung. Aber das ist ein ganz anderes Thema.

Ich gebe zu, das Folgende ist einer ganz persönlichen Befindlichkeit meiner selbst geschuldet, das Thema kann man auch ganz anders sehen und es liegt mir fern hier irgendwelche heidnischen Gefühle zu verletzen. Sollte dies doch der Fall sein bitte ich im Voraus höflichst um Entschuldigung.

In diesem Beitrag möchte ich mich mit einem geläufigen Produkt befassen, das immer wieder in Heidenkreisen angeboten wird, dessen Sinn sich mir aber bis heute nicht erschlossen hat, dem „heidnischen Kalender".

Wir haben eine offizielle Zeitrechnung, die beginnt, was einigen Heiden sonderbar vorkommen mag, mit dem behaupteten Zeitpunkt der Geburt von Jesus Christus. Das ist nun mal einfach so.

Weltweit hat man sich auf diese Form der Jahreszählung und des dazu verwendeten Kalenders mit 12 Monaten geeinigt. Das halte ich für praktisch. Dieser dazu gehörende Kalender ist in völlig neutraler Form zu bekommen und sinnvoll nutzbar, wichtige Feiertage sind meist vorgedruckt, eigene Feiertage kann man einfach dazu tragen.

Was bitte aber ist denn nun ein heidnischer Kalender, ist der heidnisch, weil irgendwelche Bildchen darauf abgedruckt sind, die irgendwie heidnisch sind, wenn ja, von welcher der vielen heidnischen Richtungen denn, griechisches, römisches, keltisches, slawisches, germanisches Heidentum, Asatru, alte Sitte, alter Weg usw. oder ist gar alles zusammen dabei berücksichtigt? Wozu eigentlich, um den Kalender sinnvoll benutzen zu können muss der ja sowieso die allgemein gültige o.g. Zeitrechnung berücksichtigen, oder etwa nicht?

Naja, nicht immer, es werden also auch Kalender gedruckt, die zwar die allgemein gültige Zeitrechnung berücksichtigen aber irgendwelche uralten, lange nicht mehr gebräuchlichen Monatsnamen gebrauchen, sowas in der Art von Hartung für Januar etwa. Wozu dies nützlich ist habe ich nicht verstanden, außer vielleicht um ein Alleinstellungsmerkmal zu konstruieren, sich vielleicht auch künstlich von der Mehrheitsgesellschaft abzuheben oder einfach um etwas anders machen zu können, bitte sehr, wer das braucht solls machen. Es gibt aber inzwischen auch Heiden, die sich eine eigene Zeitrechnung gebastelt haben, mit einem Jahr Null zur angenommenen Erbauung der Pyramiden, von Stonehenge oder was auch immer.

Ich persönlich kann mir nichts Überflüssigeres als sowas vorstellen. Ich möchte gerne in der Mehrheitsgesellschaft leben und dieselbe Zeitrechnung benutzen aber ich bin auch hierbei wohl ein Spießer. Zum Glück habe ich aber Grund zu der Annahme hier nicht alleine zu stehen, soweit ich jedenfalls zumindest meine mir unmittelbar nahestehenden heidnischen Kontaktpersonen beurteilen würde.

Als nächstes folgt eine (fast) erfundene Geschichte um eine Jahreshauptversammlung eines Heidenvereins herum, ursprünglich veröffentlicht unter folgendem Titel:

Gefährdungslagebild für Vorstandsmitglieder in großen deutschen asatruorientierten Heidenvereinen

Die folgende Geschichte ist völlig frei erfunden, sie wurde aber inspiriert durch zahlreiche Erlebnisse in und um Heidengruppen herum, die der folgenden Geschichte in fast nichts nachstehen würden, hier aber keine weitere Erwähnung finden sollen.

Erstmals wurde diese Kurzgeschichte in der Zeitschrift des Eldaring e.V. der „Herdfeuer" Ausgabe 51, Januar 2019, ISSN 1611-4604 veröffentlicht.

Deshalb beziehen sich einzelne Hinweise wie Mitgliederstärke und die Ereignisse um den Hambacher Forst auf die Zeit vor 2019:

Gefährdungslagebild für Vorstandsmitglieder in großen deutschen asatruorientierten Heidenvereinen unter Berücksichtigung der besonderen Gefahr des Erwerbs einer psychischen Erkrankung resultierend aus der ehrenamtlichen Vorstandsarbeit.

Zur Verwirklichung dieses Projektes hat der Autor sich die Mühe gemacht und nacheinander die Mitgliedschaft in verschiedenen Heidenvereinen o.g. Richtung, im Selbstversuch, betrieben.

Ziel war es zu beobachten, ob Vorstandsmitglieder dieser Vereine mit der Zeit, aufgrund ihrer ehrenamtlichen Tätigkeiten, eventuell Opfer psychischer Erkrankungen werden könnten und wie hoch eine eventuelle Gefährdungslage hierzu eventuell einzuschätzen wäre.

Nach einigen Mitgliedschaften in sehr kleinen ebensolchen Vereinen, die obschon ihrer immer eher einstelligen Zahl an aktiven Vereinsmitgliedern schnell als ungeeignet erschienen hier brauchbare Ergebnisse zu erzielen, da die Schnittmenge von Vereinsmitgliedern und Vorstandsmitgliedern dadurch zu groß war, fand sich doch noch ein Forschungsobjekt richtiger Größe.

Im momentan größten deutschen Heidenverein mit etwas über 350 Mitgliedern (Stand 2019) und zurzeit 6 Vorstandsmitgliedern und einen dem Vorstand angegliederten fachlichen Berater war zu erwarten hier die Interaktion zwischen den Vereinsmitgliedern und dem Vorstand, mit der Hoffnung auf belastbare Ergebnisse zur Beurteilung des o.g. Gefährdungslagebildes für Vorstandsmitglieder, beobachten zu können.

Hierzu wird beispielhaft das berüchtigte „Backförmchensandkastenmassaker mit Thorfigürchen" beschrieben und dessen Auswirkungen auf eine Mitgliederversammlung und den dort anwesenden Vereinsvorstand.

Folgendes soll sich zugetragen haben.

Ein handwerklich begabtes Vereinsmitglied bastelte sich eine Sandkastenbackform, die bei ordnungsgemäßem Gebrauch derselben unter

Verwendung eines geeigneten Lockergesteins der richtigen Körnung, gemeinhin auch in nichtheidnischen Kreisen profan und völlig unheidnisch Sand genannt, eine kleine liegende Thorfigur mit Hammer ergab.

Diese kleine Sandfigur wurde nun von diesem Vereinsmitglied, in der Folge Mitglied A genannt, selbstverständlich nach einem vorangegangenen, basisdemokratisch verhandelten und letztlich gemeinsam verabschiedeten Blotgruppenbeschluss, politisch völlig korrekt, mittig links neben dem aufgebauten Opfergabentisch geformt.

Etwa 2 Wochen nach dem ersten Blot mit einer Ausformung dieser Sandthorfigur fiel einem weiteren Mitglied, hier in der Folge Mitglied B genannt, auf, dass Mitglied A zwar völlig korrekt und löblich sowohl das Anliegen der Ausformung dieser Figur, als auch den folgenden Verlauf ordnungsgemäß beantragt und ausgeführt hat, allerdings in geradezu sträflicher und unheidnischer Anmaßung eine rote Backform benutzt hat.

Mitglied B wies entrüstet darauf hin, dass die Farbe Rot für eine Thorsandbackform denkbar ungeeignet erscheinen würde, da die alten Ritualausführenden in Island ganz sicher einen roten Umhang getragen hätten und diese Backförmchenfarbgebung somit bereits eindeutig heidnisch besetzt erscheinen müsse.

An dieser Stelle schaltete sich Mitglied C ein und gab zu bedenken, dass die Farbe Rot hier auch ungewollt als politisches Statement missverstanden werden könnte und forderte mindestens auch noch ein grünes, schwarzes und gelbes Backförmchen zu benutzen. Der durchaus nachvollziehbare Einwand von Mitglied D, dass der geformte Sand übrigens immer die gleiche Farbe im Ergebnis hätte, wurde nunmehr überraschend gemeinsam von den Mitgliedern A, B und C zurückgewiesen, da D offenbar der intellektuelle Zugang zu dieser heidnischen Grundsatzfrage fehle.

Dadurch herausgefordert verlagerte Mitglied D diese Diskussion nunmehr auf alle erreichbaren heidnischen Medien, um einer größeren Zahl an Vereinsmitgliedern und weiteren interessierten Kreisen eine Anteilnahme an dieser nunmehr zum heidnischen Richtungsstreit eskalierenden Meinungsverschiedenheit zu ermöglichen.

Dies nahm nunmehr Mitglied E aus einer benachbarten Blotgruppe des Vereins zum Anlass darauf hinzuweisen, dass es völlig unheidnisch sei überhaupt Sand für die Befüllung der Thorsandbackform zu verwenden, da dieser sicherlich in einer Kiesgrube abgebaut worden sei, die kein Umweltzertifikat vorweisen könne und nicht ausgeschlossen sei, dass dieser Sand aus dem Lockergesteinsuntergrund des bereits dem Abbau anheimgefallenen Bereichs des Hambacher Forstes entstamme.

Dem pflichtet im öffentlichen Bereich des Vereinsforums nunmehr Mitglied F zu und schlägt vor, anstelle dieses Sandes doch einfach ökologisch abbaubare Sägespäne zu benutzen. Mitglied A kontert im Forum übereinstimmend mit Mitglied D, dass die Sägespäne eventuell ebenfalls kein Umweltzertifikat haben könnten und ggf. direkt aus Holz des Hambacher Forstes hergestellt worden sein könnten.

In der sich daraus ergebenden weiteren, öffentlichen Internet- und Forumsdiskussion fallen nunmehr zwischen Mitglied A und D und den Mitgliedern B, C, E und F aus Gründen der vereinfachten heidnischen Standpunktverdeutlichung erste Wörter wie: Ökospinner, Klugscheißer, Baumknutscher, Politextremist, Blotverderber und Diskutierpussy.

Selbstverständlich sind alle Diskutanten mit der öffentlichen, heidnischen Diskutieretikette vertraut, die zwingend vorschreibt spätestens ab diesem Erörterungszeitpunkt jeden öffentlichen Beitrag mit der Formel: „Wann schreitet hier eigentlich endlich der Vorstand ein?" enden zu lassen.

Dessen ungeachtet macht zuerst das unvorsichtige Vorstandsmitglied G den taktischen Fehler, durch die Bitte nach einer gemäßigteren Form der Austragung dieser Meinungsverschiedenheit, kund zu tun, diese Backförmchendiskussion überhaupt verfolgt zu haben.

Mitglied H schaltet sich daraufhin ein und bescheinigt Vorstandsmitglied G eine parteiische Nähe zu Mitglied A, mit dem Mitglied H den G bereits beim letzten Jahresthing auf der Mitgliederversammlung Händchen haltend beobachtet haben will.

Vorstandsmitglied G weist dies nunmehr entrüstet zurück und rechtfertigt sich damit zum fraglichen Zeitpunkt bei der Darkroomparty im Keller gewesen zu sein.

Vorstandsmitglied I bestätigt die Einlassung des Vorstandsmitglieds G hierzu, muss aber nach einer diesbezüglichen Nachfrage des Mitglieds J einräumen, dies eher vermutet zu haben, da es in der Natur der Sache gelegen habe, dass es bei der angegebenen Darkroomparty ziemlich dunkel war und es sich lediglich so angefühlt habe als wenn Vorstandsmitglied G dabei gewesen sei.

Der Rest des Vorstandes, die Vorstandsmitglieder K, L, M und N, distanzieren sich von diesem Treiben unter Beteiligung der Vorstandsmitglieder G und I entrüstet. Später stellt sich aufgrund einer Indiskretion des Vorstandsmitglieds M allerdings heraus, dass man lediglich verärgert darüber war erst zu spät von der geplanten Darkroomparty erfahren zu haben und diese dadurch versäumt hatte.

An dieser Stelle fühlte sich der dem Vorstand angeschlossene Berater O nunmehr in der Pflicht alle bisher irgendwie beteiligten Vereinsmitglieder und Vorstandsmitglieder darauf hinzuweisen, dass es keinerlei schriftliche Quellen oder archäologische Befunde gebe, die erstens eine eventuelle Farbe und zweitens überhaupt die Existenz von historischen alten Thorsandbackformen hergeben würden.

Mitglied B, welches sich schon fast aus der von ihm ausgelösten Debatte verabschiedet hatte, stellt daraufhin öffentlich die Notwendigkeit der Funktion eines dem Vorstand angeschlossenen fachlichen Beraters in Frage.

O gibt an der Stelle auf und begibt sich als Erster völlig entnervt auf eine mindestens vierwöchige Erholungskur auf die Malediven.

Mitglied C verweist im Nachgang darauf hin, dass alle Urlaubsorte außerhalb Skandinaviens ohnehin ein völlig unheidnisches Reiseziel seien und fordert nunmehr ebenfalls die Abschaffung des dem Vorstand angeschlossenen Beraters. Dieser bekommt davon allerdings nichts mehr mit, da er in weiser Voraussicht Mobiltelefon und Computer zerstört hat.

Mitglied E lobt dies ausdrücklich, da nur ein Leben ohne Mobiltelefon und Computer ein authentisches heidnisches Leben sein könne und sendet diese Nachricht unverzüglich über sein I-Phone an alle ihm bekannten Heiden und Medien weiter.

An dieser Stelle ebbt die Meinungsverschiedenheit erwartungsgemäß etwas ab, aber nur bis sich ein bis dahin völlig unbekannter Heidenbelehrer unter dem Gastaccount „Oberheide" einschaltet und zunächst alle bisher beteiligten Diskutanten darüber belehrt, dass sehr wohl eine alte Quelle aus der Edda die Verwendung von Thorsandbackformen nennt. Man müsse nur die altnordischen Beschreibungen dafür entsprechend deuten, denn selbstverständlich sei die mehrfach genannte Erschlagung von Riesen mittels Thorshammer eindeutig ein Synonym für die heidnische Benutzung von Backförmchen, auf die man ja bekannter Weise auch mit der flachen Hand schlage, bevor man sie anhebe und die Hand eindeutig durch den Thorshammer symbolisiert würde.

Das läge sozusagen praktisch auf der Hand.

Die vom User „Oberheide" übrigens höchstselbst gebastelten und geweihten Förmchen, könne jeder echte Heide für den lächerlichen Betrag von 150,- Euro bei selbigen käuflich erwerben und somit seinen Beitrag zur Verwendung echter, rekonstruierter Thorsandbackförmchen leisten und obendrein damit sein Karma reinigen.

In seltener Einmütigkeit verurteilen alle Mitglieder und Vorstandsmitglieder von A-N (mit Ausnahme von O, der immer noch auf Kur ist und auf den Malediven Delfine jagt) diesen Devotionalienverkauf vom User „Oberheide", der daraufhin seinerseits die gesamte Mitgliedschaft des Vereins unverzüglich heidnisch exkommuniziert.

Im Gegenzug wird der User „Oberheide" auf allen Vereinsmedien gesperrt, der Verkauf von Thorsandbackförmchen, Sand und Holzspänen bricht ein, das Interesse an der Abholzung des Hambacher Forstes erlöscht daraufhin schlagartig und der Verein gibt über den Vorstand eine Presseerklärung heraus, deren Inhalt darauf hinweist, dass eine konzertierte Medienaktion der Mitglieder des Vereins in Zusammenarbeit mit dem Vereinsvorstand und mit anderen Heiden die Erhaltung des Hambacher Forstes zur Folge gehabt hätte.

An dieser Stelle erklärt die Pressesprecherin des Vereins P, diese Erklärung sei nicht mit ihr abgesprochen und habe daher keinerlei offiziellen Charakter. Übrigens sei ihr gerade zugetragen worden, dass dieser Wildwuchs des Hambacher Forstes eine alte bronzezeitliche Kultstelle der sogenannten Hunderösterkultur überwuchern würde und somit eine eigene Presseerklärung verabschiedet werden musste, in der sie die sofortige und vollständige Abholzung des Hambacher Forstes forderte zur sofortigen Freilegung der Überreste der seinerzeit kultig verzehrten Hunde.

Das als Hundehalterin bekannte Vorstandsmitglied N, die als sehr tierlieb bekannt ist, fällt daraufhin spontan in Ohnmacht, erwacht aber kurz danach als sie den Bratengeruch wahrnimmt, der entsteht als ihr Lebensgefährte, das Vereinsmitglied Q, eine Mahlzeit zubereitet. Als erstes vergewissert sich nun Vorstandsmitglied N daher darüber, dass ihr Hund noch außerhalb des Backofens existent und am Leben ist, um gleich darauf den dem Vorstand angeschlossenen Berater O zu kontaktieren, um nachzufragen ob in der Kureinrichtung auf den Malediven noch ein Platz frei wäre und sie ihren Hund vorsichtshalber mitbringen könne, da in dieser Frage ihrem Lebensgefährten Q nicht völlig zu trauen wäre.

Da O allerdings nach der Zerstörung von Mobiltelefon und Computer immer noch nicht erreichbar ist, beschließt Vorstandsmitglied N, dass ab sofort der Hund auf der Couch schlafen dürfe und ihr

Lebensgefährte Vereinsmitglied Q übergangsweise, für eine begrenzte Zeit, zur Sicherheit des Hundes, in der Hundehütte nächtigen solle.

Währenddessen hat Vereinsmitglied A, dem die von ihm mitausgelöste Diskussion um die Verwendung einer Thorsandbackform inzwischen unangenehm ist, den Text der zweiten Presseerklärung gelesen und sich auf die Suche nach einem rituell zu verspeisendem Hund gemacht.

Tragischer Weise erreicht Vereinsmitglied A die Hundehütte des Vorstandsmitglieds N erst nach Einbruch der Dunkelheit, in der sich missmutig der Lebensgefährte von Vorstandsmitglied N bezeichnetes Vereinsmitglied Q schlafend eingerollt hat.

Vereinsmitglied Q, bekannt als brennender Verehrer des Delling, kommt dadurch nicht mehr dazu, wie geplant, bei Sonnenaufgang dem Delling zu opfern, da bei eben diesem Sonnenaufgang Vereinsmitglied A feststellt, dass er versehentlich Vereinsmitglied Q rituell gefressen hat.

Die Mitgliederzahl des Vereins sinkt dadurch wieder auf nur noch 350 Mitglieder und kurz darauf auf 349, als Vereinsmitglied A von einer vermeintlich eindeutig heidenfeindlich eingestellten Justiz zu mehreren Jahren Haft verurteilt wird.

Kurz darauf steigt die Vereinsmitgliederzahl allerdings wieder auf 350 Mitglieder, weil sich herausstellt, dass sich der Hund von Vorstandsmitglied N heimlich wieder, zu seinem Unglück, zurückgeschlichen hatte in die gewohnte Hundehütte und zeitgleich Vereinsmitglied Q sich heimlich und leise ebenfalls zurückgeschlichen hatte auf die heimische Couch bei Vorstandsmitglied N.

Über eine gewisse, etwaige zum Verwechseln ähnliche Ähnlichkeit des so tragisch verstorbenen Hundes von Vorstandsmitglied N und des Vereinsmitglieds Q wird seitdem in einer anderen hitzigen Vereinsdebatte diskutiert.

Nach der Haftentlassung des Vereinsmitglieds A, der ja nun doch lediglich einen Hund verspeist hatte, stieg dann auch die Vereinsmitgliederanzahl wieder auf über 350 Personen abzüglich eines rituell gefressenen Hundes an und die erbitterte Meinungsverschiedenheit über die Verwendung von Thorsandbackförmchen verläuft nach und nach im Sand.

Es kommt der Tag der Jahreshauptversammlung des Vereins, der Vorstand des Vereins sitzt geschlossen vor der versammelten Vereinsmitgliedschaft. Der zuvor in Kur befindliche, dem Vorstand als Berater beigeordnete O, in Folge und Kurzform nunmehr Kur. O. benannte, ist ebenfalls wieder zurück.

Folgendes geht später aus dem Sitzungsprotokoll der Jahreshauptversammlung hervor:

Mitglied A ergreift das Wort und entschuldigt sich bei Vorstandsmitglied N für das Verspeisen ihres Hundes. Kur.O. überreicht der N zum Trost einen kleinen aus der Haut eines während der Maledivenkur selbst erlegten Delfins gefertigten Delfinhauthund.

Q entschuldigt sich beim Delling für das Verpennen des Sonnenaufgangs auf der Couch, B gibt öffentlich zu eigentlich die Farbe Rot genauso toll zu finden wie Schwarz, Grün und Gelb. C und D nehmen sich bei der Hand und stimmen A und B uneingeschränkt zu.

Die Vorstandsmitglieder G und I entschuldigen sich bei den Vorstandsmitgliedern K, L, M und N und geloben vor der nächsten Darkroomparty rechtzeitig allen Bescheid zu geben.

Vorstandsmitglied G fügt noch beschwichtigend hinzu, dass die Darkroomparty ohnehin ziemlich schnell beendet war, da vermutlich das Vorstandsmitglied I in dem engen, kleinen Darkroom von seinen Blähungen gequält wurde und alle Beteiligten schnell den Raum verließen.

Vereinsmitglied Z schlägt spontan vor, alle Vereinsmitglieder und der Vorstand sollten sich an die Hände nehmen und einige Minuten meditieren, um dann gemeinsam das Herdfeuerlied zu singen.

Der Vorschlag wird einstimmig angenommen, ein unbekannt gebliebener Witzbold schaltet dabei das Licht aus und es entsteht:
Ein riesiger heidnischer Darkroom.

Fazit: Offensichtlich besteht ein großes Gefährdungspotenzial dahingehend, dass Vorstandsmitglieder eines großen Heidenvereins seelischen Schaden aufgrund ihrer ehrenamtlichen Vereinsarbeit nehmen könnten. Aber genau für sowas wurde Alkohol erfunden, Prost.

*Aus Herdfeuer, Heft 51, Januar 2019, ISSN 1611-4604

Heidnische Jugendweihe als Komplott

Hat man, im Idealfall, zusammen mit der werten Ehefrau den Entschluss gefasst, künftig den privaten Lebenskreisfesten auch eine kleine heidnische Note zu geben, ist Fantasie gefragt. Zwar bieten einige Heidengruppen im Internet völlig kostenlos und seriös Beispiele, Ratschläge und unverbindliche Vorschläge dazu an wie man als Neuheide bestimmte Übergänge der verschiedenen Lebensabschnitte auch mit einer heidnischen Note feiern könnte aber das sind eben nur gutgemeinte unverbindliche Vorschläge, die eher zur eigenen Inspiration gedacht sind.

Von den vielen im Internet darüber hinaus anzutreffenden Schamanen, angeblichen Heidenführern und Esoterikern, die tatsächlich gegen Bezahlung Rituale hierzu anbieten, möchte ich gar nicht erst anfangen. Deren kostenpflichtige Angebote braucht der geneigte Neuheide nämlich meiner Erfahrung nach gar nicht.

Zum einen war und bin ich nicht bereit jemanden, den ich gar nicht kenne und dessen Reputation ich gar nicht überprüfen kann, beträchtliche Summen für irgendein von dieser Person in meinem Garten durchgeführtes Ritual zu zahlen.

Zum anderen ist dies wohl, soweit ich es selbst im Internet recherchieren konnte oder mir von bereits längerer Zeit praktizierenden Heiden aus meiner Gruppe nahegelegt wurde, in alten vorchristlichen Zeiten auch durchaus üblich gewesen, dass Rituale auf dem Hof von Familien, entweder von der Hausfrau, dem Familienvater oder einfach von einer zum Haushalt gehörenden Person, die dafür geeignet erschien, durchgeführt wurden.

Warum sollte dies heute dann überhaupt von einem fremden Menschen gegen Bezahlung durchgeführt werden?

Es wäre ja meiner Meinung nach auch gar nicht unbedingt zu erwarten, dass ein Fremder überhaupt irgendetwas besser macht als dies ein Familienmitglied, der alle anderen Beteiligten und deren Lebenssituation persönlich kennt, ja sogar mit diesen Menschen verwandt ist, es machen könnte.

Vielleicht stünde sogar zu befürchten, dass ein völlig Fremder, außer Gelächter, bei den Anwesenden bei seiner Ritualausübung gar nichts erreicht. Die Bandbreite des zu erwartenden Ritualergebnisses läge also zwischen frenetischen Beifall mit Begeisterungsstürmen, über ein allgemeines Empfinden es wäre ja ganz nett oder interessant gewesen, bis zu peinlichem Berührtsein und Spott.

Ich entschloss mich also zu der anstehenden Jugendweihe meiner Tochter selbst tätig zu werden und ein eigenes kleines Ritual zu begehen, welches den Lebensabschnitt einer Vierzehnjährigen zu einem langsam erwachsen werdenden jungen Teenagerin symbolisch begleitet.

Eine kirchliche Einsegnung fiel für uns als angehende Neuheiden aus begreiflichen Gründen aus. Eine weltliche Jugendweihe von einem der vielen damit befassten Vereine schied für uns zum einen aus den o.g. Gründen aus, auch hier hätten ja Fremde einen ganz persönlichen Lebensabschnitt begleiten müssen. Außerdem haftet dem System der Jugendweihe, obwohl es deutlich älter ist, in meiner Vorstellung immer noch der alte DDR-Mief an.

Ich war mir sicher wir schaffen dies auch alleine. Aber dazu brauchte ich die konspirative Mitwirkung meiner Frau, denn ich hatte einen kleinen, für den Rest ihres Lebens sicher unvergesslichen lustigen Anschlag zur Jugendweihe Marke Eigenbau auf meine Tochter vor.

Das liebe Kind ist damals schon Leistungssportlerin gewesen, die konnte also was aushalten, mein diabolischer Geist fing an zu arbeiten.

Zunächst fragten wir unsere Tochter natürlich ob sie eine formale Jugendweihe oder gar eine Einsegnung in der Kirche wünschte oder ob wir uns selbst eine kleine Familienzeremonie mit leicht heidnischem Bezug gestalten wollten. Natürlich haben wir ihr für jeden der Fälle eine anschließende, ordentliche Feier mit Familie und Freunden versprochen und ihr auch versichert, dass egal wofür sie sich entscheidet natürlich auch die üblichen Geschenke und Zuwendungen fließen würden.

Sie entschied sich für die leicht heidnische Familienzeremonie, was für ein verhängnisvoller Fehler ihrerseits.

Meine Frau fing also an die Party im Garten mit vom örtlichen Fleischer angerichteten Buffet zu planen, ich schrieb eine kleine Rede, die meine Frau dann vor den versammelten Gästen und Verwandten stellvertretend für uns beide halten sollte. Die wurde natürlich nicht bierernst, enthielt aber trotzdem ein paar lehrreiche Zitate aus dem Hávamál.

Für den Abend davor war dann unser erdachtes Ritual nur für uns Eltern und unsere Tochter geplant. Ich konnte es kaum erwarten.

Als der Abend vor der Feier, also der Abend des Rituals kam, wusste unsere Tochter nicht was sie erwartete. Wir erklärten ihr das Mobiltelefon müsse sie aber genau wie die Armbanduhr zuhause lassen, wenn wir gleich die etwa 250 Meter in den Wald hinter unserem Haus gingen, um an einem dort stehenden Findling die Götter und Göttinnen anzurufen und ihnen zu opfern. Das hat sie uns tatsächlich, ohne einen Hinterhalt zu vermuten, geglaubt. Das war dann auch gleich eine erste Lektion zum Erwachsenwerden, nämlich sonderbare Situationen besser immer zu hinterfragen.

Wir liefen los, auf dem Weg zu dem Findling im Wald hinter den Grundstücken in unserer Straße konnten wir den See in der Abendsonne glitzern sehen, auf dem unsere Tochter ihren Rudersport erlernt hatte und der sich unterhalb des bewaldeten Hügels befindet. Wir erreichten die kleine Lichtung, packten unsere Opferspeisen und etwas Met und Saft aus, riefen die Götter an, bezogen dabei den Umstand der Jugendweihe mit ein, opferten und verzehrten und tranken den Rest.

Dann erzählte ich unserer Tochter, dass natürlich als Ruderin im Leistungssport unbedingt auch den Gottheiten und Wesen des Wassers geopfert werden sollte und wir dazu jetzt den Hügel hinunter zum See laufen würden. Wir erreichten das Ufer genau dort wo wir im Sommer auch manchmal schwimmen gehen, wir warfen unsere Opfergaben unter Anrufen und um Erfolg im Rudersport bittend ins Wasser.

Zu diesem Zeitpunkt kamen gerade einige Spaziergänger auf dem Uferweg vorbei, die kurz innehielten und interessiert schauten was wir „Verrückten" denn dort machen würden. Das passte mir ganz gut, denn zu dem folgenden Ritualbeitrag meinerseits war mir schaulustiges Publikum gerade recht.

Mit den Worten: „Ihr Götter, ich springe mit meinem Kind ins Wasser und komme mit einer jugendlichen Dame wieder heraus für die ich um Schutz auf ihren Wegen bitte", packte ich mein verdutztes und ohne Mobiltelefon in den Taschen und Uhr am Handgelenk dort befindliches Töchterlein, hob sie hoch und sprang ins Wasser mit ihr.

Triefnass kamen wir wieder raus, die Spaziergänger hatten sofort erfasst was der Sinn der Zeremonie war und äußerten sich anerkennend zu dieser Idee und wir alle haben herzhaft gelacht.

Bei der großen Feier im Garten am nächsten Tag haben auch alle darüber gelacht, dann verlas meine Frau unsere Rede, dabei liefen ihr und unserer Tochter sogar ein paar Tränen die Wangen herunter und wir hatten ein schönes Fest, mit einem einprägsamen und lustigen sowie außergewöhnlichem kleinen heidnischem Ritual der Marke Eigenbau am Vortag.

Zu etwas ganz anderem komme ich jetzt.

Wenn man so als am Neuheidentum interessierter Mensch in den sozialen Medien nachforscht, kann man auch auf ziemlich unerwartete, fast skurrile Typen treffen, die auch Aktivitäten nachgehen, die mit der gängigen Erwartung zum Thema Neuheiden auf den ersten Blick gar nichts zu tun haben, nämlich auf uns. Der nachfolgende Artikel von mir erschien auch schon einmal in der „Herdfeuer" Zeitschrift, allerdings wurde dieser hier inzwischen etwas ergänzt und aktualisiert.

Die Sportgruppe/Laufgruppe des Eldaring e.V. stellt sich vor

Vielen Vereinsmitgliedern des Eldaring ist bekannt, dass es eine Laufgruppe in unserem Verein gibt. Allerdings stellt sich mitunter die Frage warum, seit wann und wozu gibt es diese Sportgruppe eigentlich überhaupt als AG im Eldaring, denn dieser ist ja nun eigentlich ein gemeinnütziger Verein, der sich dem Vereinsziel nach mit germanischem Heidentum befasst.

Im Folgenden soll versucht werden dies kurz und mit einem leichten Augenzwinkern zu erläutern.

Gründung:

Die Laufgruppe des Eldaring gibt es seit Frühjahr 2014, nachdem dies zuvor ein Thema bei einem ER-Stammtisch in Berlin war.
Im Forum des Vereins kann man im Forenarchiv der Beiträge vor 2016 im internen Forum unter dem Beitrag vom 05.03.2014 -Anfrage Gründung einer Sportgruppe ER- noch die erste Anfrage zu dieser Thematik nachlesen.

Nachdem der damalige Vereinsvorstand der Gründung dieser AG zugestimmt hatte wurde dann im öffentlichen Bereich des Vereinsforums unter der Rubrik -Der Eldaring e.V., -Stammtische Herde und Berichte-, Sportgruppe/Laufgruppe Eldaring e.V.- die Gründungsmitteilung am 12.03.2014 platziert.

Seitdem finden ununterbrochen in diesem öffentlichen Bereich unseres Vereinsforums die Ankündigungen der Aktivitäten der Laufgruppe statt. Dies sind im Wesentlichen Trainingstreffen, Wettkampfausschreibungen und Teilnahmeberichte hierzu, bei denen unsere Sportler aktiv geworden sind.

Ziemlich zeitnah stellte dann unsere frisch gegründete Laufgruppe zwei Läufer für unseren ersten Wettkampf bei dem wir für den Eldaring starteten. Dani und ich liefen beim Paarlauf am 23.05.2014 in Petershagen/Eggersdorf mit. Da wir noch ganz neu als Laufgruppe waren haben wir gekonnt und nicht ohne Stolz von Anfang an den letzten Platz belegt und bis zum Schluss ohne Mühe gehalten. Natürlich wollten wir nur das Läuferfeld von hinten im Auge behalten um das Laufgruppentraining in der Folge zielführend gestalten zu können und dadurch natürlich auch zu erreichen, dass nur noch eine Verbesserung unserer Wettkampfleistung stattfinden konnte.

Mit Recht hat uns das übrigens schon damals niemand geglaubt. Aber wir hatten mächtig Spaß und gelernt, dass nicht nur die Ersten, sondern auch immer die Letzten besonders wahrgenommen werden.

Anlass der Gründung:

Im Februar 2014 war bei einem Berliner Eldaringstammtisch in Berlin-Buch auch das Thema

48

Sport diskutiert worden. Dabei wurde auch erwähnt, dass bereits im antiken Griechenland Sportwettkämpfe zu Ehren der heidnischen griechischen Götterwelt, die man sich auf dem Olymp wohnend vorstellte, abgehalten wurden. Diese waren damals schon ab etwa 776 v.Chr. als die Olympischen Spiele bekannt und wurden, nachdem sie nach der Christianisierung des römischen Reichs in der Spätantike vom oströmischen Kaiser Theodosius I. 394 n.Chr. verboten wurden, erst in der Neuzeit erstmals 1896 in Athen wieder aufgenommen.

Der Bezug von Sport zum Heidentum, zumindest zum antiken griechischen Heidentum, konnte also schon irgendwie gezogen werden. Aber wie nun sollten wir sicherstellen, dass auch unsere Götter durch unsere sportliche Betätigung als AG erfreut werden würden. Der Umstand, dass in der griechischen Antike die sportlichen Wettkämpfe grundsätzlich nackt ausgetragen wurden (und deswegen wohl Frauen auch keinen Zugang dazu hatten) wurde begeistert von den männlichen Stammtischbesuchern aufgenommen, die ja grundsätzlich für jede „Sauerei" zu haben waren aber genauso schnell wurde diese lustige Idee vom nackt durch den Wald rennen wieder verworfen, da zum einen unsere Ehefrauen diese Auswüchse durch schlichte und natürlich völlig unheidnische Verbote beendeten. Zum anderen wurde uns klar, dass auch unsere lieben Kinder ganz sicher für den Rest ihres Lebens psychiatrische Hilfe gebraucht hätten, wenn sie solch einen Lauf jemals hätten mitansehen müssen.

Spaß beiseite, natürlich war es ganz anders.

Wir wollten eigentlich als Herd, Stammtisch und Blotgruppe etwas machen was uns als Heiden in einem Heidenverein in der Öffentlichkeit positiv wahrnehmbar machen würde, das wir aber nach Möglichkeit auch alle zusammen machen können und Spaß sollte es auch noch machen. Außerdem wollten wir dort in der Öffentlichkeit wahrnehmbar werden, wo gar nicht unbedingt jemand schon mal etwas von Heiden gehört hatte. Und da das Öffentlichkeitsbild von Heiden bei denjenigen die doch schonmal etwas von Heiden gehört hatten damals oft eher etwas mit saufenden, grölenden Randexistenzen zu tun hatte, die ja keineswegs repräsentativ für unsere Vereinsmitglieder oder viele andere Heidengruppen waren, bot es sich an bei sportlichen Wettkämpfen unseren Verein zu repräsentieren. Damit gab es nun die Möglichkeit mal hautnah Heiden wahrzunehmen, die ganz normale Familienmenschen sind, einer beruflichen Tätigkeit nachgehen oder in Ausbildung sind und scheinbar zumindest zeitweise nüchtern ganz normal als Freizeitsportler an Wettkämpfen teilnehmen. Das sollte doch auch im Interesse eines Heidenvereins sein und vielleicht sogar ein ganz klein wenig unsere Götter belustigen, denn lustig war unser Anblick in den ersten Jahren wohl viel eher als großartig sportlich.

Wer sind denn eigentlich die Sportler der Laufgruppe des Eldaring?

Die Sportler unserer Sportgruppe setzen sich z.Zt. fast ausschließlich aus Mitgliedern des Eldaringherd Berlin-Nord/Ost und dem dazu gehörenden Eldaringstammtisch Berlin-Mitte (vormals Berlin-Buch genannt) und der ebenfalls zu diesem Herd gehörenden Eldaringblotgruppe Berlin-Buch sowie deren unmittelbaren Umfeld zusammen. Alle Teilnehmer sind Heiden, Familienmenschen, gehen irgendeiner Erwerbstätigkeit nach oder sind in einer Ausbildung, das heißt der kleinste gemeinsame Nenner, den alle auch als Familie mit daraus resultierenden engem Zeitrahmen zusammen nachgehen können, ist Freizeitsport.

Momentan sind dies 13 Läufer, die in wechselnder Mannschaftsstärke und Zusammensetzung aber immer wieder regelmäßig für die Laufgruppe des Eldaring starten und trainieren und bei den Sportwettkämpfen auch als Verein den Eldaring in den Laufmeldungen angeben, wodurch dies auch in den Ergebnislisten entsprechend aufgeführt wird.

Außerdem haben wir mit Dani auch unsere eigene Physiotherapeutin und Masseurin, die uns bei den Wettkämpfen ehrenamtlich betreut.

Gestartet wird überwiegend bei Wettkämpfen in der Region Berlin-Brandenburg.

Außerdem bietet die Laufgruppe auch außerhalb dieser Region zu jedem Eldathing (der JHV des Vereins) und zu jedem vom Eldaring geförderten Ostaratreffen, wo auch immer in Deutschland diese stattfinden, einen morgendlichen Frühsport namentlich einen kleinen Geländelauf an, der sich allerdings eher mäßiger Beliebtheit und noch mäßigerer Teilnahme erfreut. An dieser Stelle sei darauf hingewiesen, dass ich nach wie vor dafür eintrete dieses Laufereignis für jedes anwesende Vereinsmitglied, mindestens aber den gesamten Vereinsvorstand, zwingend zu einer Pflichtveranstaltung zu machen, von deren Pflichtteilnahme man sich lediglich durch die Übereignung einer Schleswiger Flasche Met der Sorte „Dunkle Holle" bei der Sportgruppe freikaufen kann.

Laufende Kosten und Auslagen für die Laufgruppe des Eldaring e.V.

Die Laufgruppe trägt alle Kosten für Wettkampfmeldegebühren, Ausrüstung sowie An- und Abfahrt sowie falls nötig Unterkunft und Verpflegung selbst aus eigenen Mitteln. Dem Eldaring entstehen dadurch keine Kosten und der Laufgruppe ist es auch wichtig dies künftig dabei zu belassen.

Wettkämpfe der Laufgruppe des Eldaring im Jahr 2019

Nach derzeitigem Stand sind für unsere Sportgruppe insgesamt 8 gemeinsame Wettkämpfe und Eigenveranstaltungen im Jahr 2019 aufzuzählen.

-02.05.-04.05.2019, Ostaratreffen Burg Ludwigstein, Witzhausen/Hessen, jeweils 2 Geländeläufe als

Beitragsangebot unserer Laufgruppe zum Veranstaltungsprogramm. (Resonanz eher mäßig s.o.)

-15.05.2019, Bundeswehrcrosslauf, Standortübungsplatz Berlin Döbritzer Heide

-08.06.2019, Lauf den Hobrecht, Hobrechtsfelde bei Berlin

-15.06.2019, Heidelauf, Döbritzer Heide zwischen Potsdam und Berlin

-14.09.2019, allod Gesundheitslauf, Berlin-Karow

-03.10.2019, Strausseelauf, Strausberg bei Berlin

-04.10.-05.10.2019, Eldathing, Burg Hessenstein/Hessen, jeweils 2 Geländeläufe als Beitragsangebot unserer Laufgruppe zum Veranstaltungsprogramm der JHV des Eldaring. (Resonanz eher mäßig s.o.)

-31.12.2019, Silvesterlauf/Turmlauf, Woltersdorf bei Berlin, bei diesem Geländelauf auf den Kranichsberggipfel in schwindelerregende Höhe von 106 Meter starten wir immer zum Jahresabschluss um anschließend, alle zusammen, unsere müden Knochen traditionell bei Pfannkuchen (in unterentwickelten Regionen unverschämter Weise auch Berliner genannt) Kaffee und Sekt zu pflegen, um dann im Anschluss jeder in seine eigenen Silvesteraktivitäten von dort aus zu starten.

Erfolge für den Eldaring bei Wettkämpfen mit Teilnahme unserer Laufgruppe

Wir sind bei vielen Wettkämpfen in verschiedenen Distanzen gestartet, die meisten von uns starteten in den jeweiligen 10 KM Distanzen, wir hatten aber auch Läufer in den Halbmarathondistanzen zwischen 21-22 KM sowie bei einzelnen 5 KM Distanzen (der Silvesterlauf hat z. Bsp. überhaupt nur eine 5 KM Distanz) sowie bei einer 800 Meter Distanz.

In den 10 KM Distanzen hatten wir einige sehr gute Platzierungen unter den jeweils ersten 10 Läufern der jeweiligen AK im Ziel aber eine Medaille war dieses Jahr in dieser Distanz nicht dabei.
Insgesamt haben unsere Sportler trotzdem 4 Medaillen geholt.

-Als erste holte Anni beim Hobrechtlauf am 08.06.2019 Silber und einen dazugehörigen Pokal in der 800 Meter Distanz

-Thommy holte dann beim Heidelauf am 15.06.2019 Bronze in seiner AK beim Halbmarathon der 22 KM Distanz

-Als wenn das nicht schon erfreulich genug gewesen wäre legte Hans ebenfalls beim Heidelauf am 15.06.2019 noch nach und holte Silber bei der 22 KM Distanz des Halbmarathons seiner AK.

-Schließlich holte dann Thommy beim Strausseelauf am 03.10.2019 noch Bronze in der 21 KM Distanz seiner AK. Bei der Siegerehrung war sogar das örtliche Regionalfernsehen dabei und filmte das

Geschehen, wobei der Eldaring vom Veranstalter mehrfach lobend erwähnt wurde. Ob das dann auch ausgestrahlt wurde und wenn ja wo, weiß ich nicht, wer schaut schon regelmäßig Regionalfernsehen?

-Beim Silvesterlauf 2019 ist Meike mit 29:52 immerhin 5.in der Frauenwertung geworden, (immerhin hat sie da vor 3 Jahren schon mal Silber in der Frauenwertung für uns geholt)

Wahrnehmung

Tatsächlich wird unser Verein durch die Wettkämpfe an denen wir teilnehmen, wie wir hoffen durchaus positiv, wahrgenommen. Die niedrigste Wahrnehmungsstufe fängt schon mit den im Internet abrufbaren Meldelisten und Ergebnislisten der Sportwettkämpfe an, bei denen unsere Starter immer als für den Verein startende Sportler vermerkt und präsent sind.

Die nächste Wahrnehmung findet dann in den guten Platzierungen unter den ersten 10 Läufern statt, da wird in Sportlerkreisen nämlich mal ganz genau nachgeschaut wer denn da so die sportlichen Gegner sind, was die für Zeiten haben und ob die bei anderen Läufen auch wieder starten und auch für was für einen Verein die denn da so starten.

Natürlich wird dann bei Siegerehrungen schon sehr genau wahrgenommen wer da auf dem Treppchen eine Medaille umgehängt bekommt, dabei wird immer der Sportler selbst und sein Verein genannt, das haben wir dieses Jahr bisher viermal feiern dürfen. Beim letzten Mal war wie erwähnt sogar ein

Vertreter vom Regionalfernsehen dabei als unser Verein lobend erwähnt wurde.

Aber auch anders wird man auf vielfältige Art wahrgenommen, so fand ich selbst kürzlich bei einem Lauf als ich als letzter Läufer meiner AK durchs Ziel rannte auch meine namentliche Erwähnung nebst Vereinszugehörigkeit durch die Zielmoderation des Veranstalters. Aber trotzdem wurde geklatscht und das Durchhaltevermögen beglückwünscht wie das unter Sportlern eben einfach üblich ist, gerade der letzte wird eben auch noch angefeuert und notfalls durchs Ziel geschleift. Natürlich war mein letzter Platz lediglich auf eine Verkettung unglückseliger Umstände, schlechten Wetters usw. zurückzuführen auch wenn sowohl mein vorlautes Eheweib wie auch der Rest der Laufgruppe steif und fest behaupten das könne eventuell auch an Übergewicht und persönliche Faulheit gelegen haben. Aber ich wurde wahrgenommen und hatte eine Menge Spaß, vor allem beim anschließenden Kuchenbuffet unserer Laufgruppe.

Aber auch ganz andere Formen der Wahrnehmung haben sich im Laufe der Jahre ergeben, als wir wie immer unsere Eldaringlaufshirts anhatten, die uns Torsten ein Mitglied unserer Blotgruppe in seiner Druckerei gemacht hatte, haben die Läufer hinter uns nicht Eldaring e.V. sondern Erdinger e.V. gelesen, was zu einem interessanten Folgegespräch während des restlichen Laufs führte, indem wir leider mitteilen mussten, dass unser Verein und unsere Laufgruppe leider nichts mit der Erdinger Brauerei zu tun hat, was ich persönlich durchaus bedauere. Nicht zu vergessen auch der (wesentlich) ältere Herr der mit uns lief und uns wegen des Eldaringlaufshirts ansprach, sich einen Kilometer lang nett mit uns unterhielt und dann sagte: „So, ich muss dann jetzt mal los, bis nächstes Mal dann" und mich und unseren Thomas den Tränen der Verzweiflung nahe zurückließ auf der Strecke. Aber wir wurden trotzdem wahrgenommen, wenn auch anders als erhofft und hatten Spaß.

Kürzlich beim Strausseelauf überholte mich eine Frau (die Frauen waren 15 Minuten nach uns Männern gestartet) guckte zurück zu mir und rief:" Hey weiter so, durchhalten du schaffst das, ich habe mir deine Startnummer gemerkt und warte im Ziel auf dich." Woher die Läuferin wusste, dass ich sie nicht doch noch überholen würde, wer weiß, vielleicht heidnische Hellseherei? Aber tatsächlich, im Zieleinlauf wartete sie tatsächlich, feuerte mich die letzten Meter an und hinter dem Ziel wurde ich beglückwünscht und umarmt. Ich war ziemlich weit hinten, aber ich wurde trotzdem noch wahrgenommen und damit sicher auch unser Verein, und ich hatte Spaß. Selbst mein liebes Frauchen musste herzhaft lachen über diese herzhafte, sportliche Szene.

Dazu passt auch eine ganz spezielle Wahrnehmung, die unser Läufer Thommy ungewollt ausgelöst hat. Diese Wahrnehmung basierte bei einem Wettkampf darauf, dass er auch wieder unser Laufshirt mit dem Eldaring e.V. Aufdruck anhatte. Allerdings las eine

Läuferin diesen Aufdruck fälschlich als eDarling, was eine Partnervermittlungsagentur als Firmenname gewählt hat. Leider sah sich Thommy genötigt die Läuferin über diese Verwechslung aufzuklären, was diese auch lachend zur Kenntnis nahm. An der Stelle sei dem Vereinsvorstand nahegelegt das Geschäftsfeld des Vereins eventuell zu erweitern, Bedarf besteht offensichtlich, allerdings lebt fast jedes Mitglied unserer Laufgruppe bereits in einer funktionierenden Partnerschaft, so dass wir uns als Laufgruppe aus eventuell sich anbahnenden neuheidnischen Partnervermittlungsgesellschaften heraushalten müssen.

Fazit:

Unsere Eldaring Laufgruppe ist nicht immer bei den Ersten dabei (aber oft), dafür sind wir auf alle Fälle immer bei den Lustigsten mittendrin und haben eine Menge Spaß beim Sport.

Wir haben bisher durchwegs positive Erfahrungen bei den Sportveranstaltungen mit den anderen Sportlern gemacht und genau diese Art der Wahrnehmung wollten wir auch erreichen für den Verein, aber auch für uns selbst, für unsere Laufgruppe, unseren Herd, unsere Blotgruppe.

Ich möchte mich hiermit bei allen Teilnehmern der Laufgruppe für ihr jahrelanges Engagement bedanken, für all den Spaß den wir hatten, für die Erfolge, die Rückschläge und das ganze Drumherum.

*Urform des Artikels erstmals erschienen in: Herdfeuer – Die Zeitschrift des Eldaring e.V., Heft 54, ISSN 1611-4604

Überraschende und erfreuliche Erlebnisse

An dieser Stelle möchte ich ein paar für mich überraschende und im Ergebnis nicht nur unerwartete, sondern auch von mir positiv empfundene Erlebnisse beschreiben.

Einige meiner Kollegen an meiner Arbeitsstelle wussten, dass ich am Neuheidentum interessiert war. Bei uns auf Arbeit herrscht ein rauer aber herzlicher Umgangston, schon immer und seinerzeit auch schon und wir scherzten untereinander auch gern und oft, vor allem aber recht deftig. Das tun wir dort auch heute noch.

Ich hatte einen guten Kollegen, der mit einer evangelischen Diakonin verheiratet war. Er selbst hatte wohl außer seiner eigenen Kirchenzugehörigkeit, meiner Wahrnehmung nach, wenig mit Kirche zu tun, musste aber natürlich hin und wieder mit seiner Frau kirchliche Veranstaltungen besuchen. Das macht man so in einer Beziehung, hätte ich sicher auch gemacht.

Da wir uns sehr gut miteinander verstanden haben und in etwa den gleichen schwarzen Humor haben, konnten wir uns auch gegenseitig necken, ohne dass wir uns dies je untereinander übelgenommen hätten. Vielmehr empfanden wir beide daran ein diabolisches Vergnügen.

Eines Tages kam also mein Kollege nach dem Wochenende zur Arbeit und erzählte davon, dass er wieder einmal mit in die Kirche gegangen ist und dass es mir Heide auch gut tun würde von meinem heidnischen Treiben Abstand zu nehmen und meine Heidenseele vor der verdienten Verdammnis zu retten. Das war mein Stichwort.

Ich fragte ihn, ob der Kirchenpflichtbesuch Spaß gemacht hätte und ob sie auch aufgepasst hätten, den Pfarrer beim heimlichen Messweintrinken im Nebenraum nicht zu stören. Natürlich vergaß ich auch nicht auf rituellen Kannibalismus und rituelles kirchliches Blut trinken beim Abendmahl hinzuweisen, wenn angeblich Messwein irgendwie zum Blut Christi werden soll und die komischen Pappkekse zum Fleisch Christi erklärt werden. Das war dann sein Stichwort.

Nach einer langen und ausführlichen Predigt darüber, wie abscheulich heidnisches Treiben wäre, welche Form göttlicher Strafe uns dafür treffen könnte und welch Rückschritt in der menschlichen Evolution unser Rückfall ins Heidentum darstellen würde, schloss er mit der Frage: Und Volker, bist du am Wochenende auch wieder besoffen mit den anderen Heiden nackt ums Feuer getanzt, hast schwarze Hühner geschlachtet und Unzucht getrieben?

Gerade als ich alles, außer das Unzucht treiben, wortreich abstreiten wollte, kam unser Chef um die Ecke, der unser gegenseitiges Necken neugierig mitgehört hatte und sprach meinen Kollegen an mit sinngemäß folgendem Satz:

„Hey hör auf damit, dass ist der alte Weg, deine Vorfahren haben das sicher auch irgendwann getan, ist doch schön, dass es wieder Leute gibt, die das praktizieren, kann nichts schaden die alten Götter zu ehren."

Natürlich haben wir ihm erklärt, dass wir uns lediglich einen Spaß untereinander erlaubt haben und das hatte unser Chef wohl auch vorher schon so verstanden, trotzdem haben wir beide sicher ziemlich blöd aus der Wäsche geguckt, als uns klar wurde, dass sich unser Chef also wohl auch schon mal mit diesem Thema beschäftigt hatte.

Das kam selbst für mich überraschend, zeigte mir aber auch, dass sich wohl auch Leute mit dieser Thematik befassten, von denen ich es nie erwartet hätte. Wenn das nicht ein Lichtblick war!

Etwa in dieselbe Richtung ging es, als ich bei meiner ostwestfälischen Schwiegermutter zu Kaffee und Kuchen geladen war und wir uns so darüber unterhielten, dass wir kürzlich an einem Heidenfest teilgenommen hatten, bei welchem Feuerräder oder eher Feuerkugeln, so genau konnte ich das nicht sehen, einen Hügel hinuntergerollt worden waren. (Natürlich unter Betreuung durch die örtliche freiwillige Feuerwehr).

Meine Schwiegermutter sagte dann ganz trocken, das kenne sie, das habe schließlich ihr Bruder früher mit den anderen jungen Männern auch schon gemacht. Die hätten von den Hügeln des Wiehengebirges auch

Feuerräder runterrollen lassen und das wäre ein schöner alter heidnischer Brauch der Dorfjugend in ihrer ostwestfälischen Heimat gewesen. Überhaupt wäre dort früher noch viel altes heidnisches Brauchtum gelebt worden und dass es schade wäre, wenn dies so langsam alles vergessen würde.

Nicht nur, dass meine Schwiegermutter anscheinend überhaupt gar kein Problem mit unserem Interesse am Heidentum hatte, die kannte das sogar noch und zwar aus eigener echter alter Tradition, auch wenn sie selbst gar nichts weiter mit Heidentum an und für sich zu tun hatte. Die fand das sogar noch interessant und gut, dass diese Traditionen noch oder inzwischen wieder, gelebt werden. Das hat mich dann positiv überrascht.

Offenbar kann Neuheidnisches in der Gesellschaft auch mal unerwartet mehr Akzeptanz finden als vermutet.

Dazu passt auch eine Geschichte, die ich bei meiner eigenen Großmutter erlebt habe. Meine Großmutter war zwar in Rixdorf, dem späteren Neukölln geboren worden, dass damals eine ländliche Kleinstadt vor den Toren Berlins war, später aber nach Berlin eingemeindet wurde, lebte aber seit sie erwachsen war in einem Dorf in Brandenburg.

Immer wenn es Gewitter gab, bekam sie Angst und verzog sich oft in den Keller ihres Hauses, aber nicht ohne vorher sämtliche Wäscheleinen im Garten abzunehmen und reinzuholen. Darauf angesprochen sagte sie immer, das müsse so gemacht werden, sonst gäbe es Unglück und es könne sogar der Blitz einschlagen, weil durch die Wäscheleinen der Weg versperrt wäre.

Erst viele Jahre später, als ich mich schon längst für das Heidentum und die dazu gehörenden Geschichten und Sagen interessierte und meine Großmutter schon gestorben war, hörte ich von der wilden Jagd. Davon, dass die Alten glaubten, dass man bei Gewittersturm dem Heer der wilden Jagd oder dem Totenheer oder wie immer das in den einzelnen Sagen der unterschiedlichen Regionen auch noch genannt wurde, nicht im Wege stehen sollte, denn das bringe Unglück.

Ich verstand da erst, dass also auch meine Großmutter noch Reste alten Brauchtums kannte, obwohl sie zeitlebens evangelisches Kirchenmitglied war. Zwar war sie auch sehr „abergläubig", aber als Heidin hätte sie sich sicher nie bezeichnet. Es wäre an der Zeit gewesen, dass ich damals eine Akzeptanz ihrem Verhalten gegenüber hätte ausdrücken sollen, aber ich war da noch sehr jung und hatte noch nicht das geringste Interesse an altem Brauchtum. Damals nahm ich das nur einfach zur Kenntnis, vermutlich mit einem Lächeln.

Schade eigentlich, was hätte ich da wohl noch so alles erfahren und lernen können, aber auch erheiternd wie sich die Rollen so mit der Zeit tauschen können. Heute lächeln bei solchen Themen bestimmt so einige über mich, mit Recht, ich bin ja auch ein recht kauziger Neuheide, sagt meine Frau jedenfalls und die hat immer Recht.

Internetheiden

Als ich seinerzeit anfing mich für das Neuheidentum zu interessieren fand ein Großteil des virtuellen Austauschs untereinander in Heidenkreisen in zahlreichen Vereins- und Gruppenforen statt.

Inzwischen ist es um die Foren ruhiger geworden. Viele Foren wurden abgeschaltet, was meiner Wahrnehmung nach oft auch mit dem zahlenmäßigen Rückgang oder gar der Auflösung der hinter diesen Foren stehenden Gruppen oder kleineren Heidenvereinen zu tun haben könnte.

Um andere Foren ist es wesentlich ruhiger geworden. Zumindest die größeren Heidenvereine betreiben aber nach wie vor ihre Vereinsforen und haben stets auch einen öffentlichen Forenbereich. Es gibt auch immer noch einige Heidenforen, die von völlig vereinsfreien Gruppen getragen werden auch diese sind inzwischen meiner Beobachtung nach wesentlich ruhiger, im Sinne von weniger genutzt geworden. Trotzdem sind alle diese Foren noch zu finden und ich persönlich halte Foren für sinnvoll, weil dort Aktivitäten wie Treffen, Stammtische usw. gut öffentlich gepostet werden können und einzelne Fachthemen meist übersichtlich gegliedert gefunden werden können und zugänglich sind.

Fast alle noch irgendwie existenten Gruppen vor allem aber die Heidenvereine betreiben inzwischen aber auch in den anderen sozialen Medien wie Facebook usw. eigene und informative Gruppenseiten.

In den sozialen Medien wie Facebook herrscht in den einzelnen Gruppenseiten überwiegend, mit nur gelegentlichen verbalen Entgleisungen, ein recht vernünftiger Ton und Umgang vor. Das war und ist in den Foren, zumindest in einigen, völlig anders.

Daher belasse ich es bei dem Verweis auf die restlichen sozialen Medien und konzentriere mich auf die viel unterhaltsameren Verhältnisse in den Foren.

Obwohl auch die Foren von Verantwortlichen gepflegt werden und gerade die Vereinsforen der großen Vereine inzwischen auch sehr sorgfältig vor Verbalausfällen geschützt werden, gab und gibt es auch Forenbereiche in denen sich, gerade in der Vergangenheit, extrem gezankt wurde. Oft gab es in diesen Heidenforen sogenannte Forentrolle, die scheinbar keiner weiteren sinnvollen Beschäftigung nachgingen als ihre Mitmenschen mit Absurditäten zu belästigen.

Interessant ist schon bei vielen dieser Forenuser ihr selbstgewählter Forenname. Da quirlt das Netz geradezu über von selbsternannten „Wikingerkriegern", „Walhallaheiden" und sonstigen Menschen dieser Art. Ich vermute, dass viele der dort in den Foren auftretenden „Heidenkrieger" noch nie eine funktionstüchtige Waffe in der Hand hielten, was bei dem von mir bei einigen „Abgedrehten" vermuteten Geisteszustand vermutlich auch gut ist so. Ich weiß auch gar nicht wieso irgendwelche Internetheiden oft und regelmäßig nach Walhalla streben, weil ich mir sicher bin, dass die meisten davon noch nicht einmal Wehrdienst geleistet haben.

Interessant ist auch wer in den Foren wann sonderbare Beiträge geschrieben hat. Ich unterstelle, dass die meisten Menschen nicht im Schichtdienst arbeiten und daher zu den ungewöhnlichsten Zeiten die persönliche Zeit finden Foren zuzutexten. Aber gerade die streitbarsten und verhaltensauffälligsten User sind oft unter den Leuten, die bevorzugt nachts ihre Beiträge verfasst haben, wenn Menschen die nicht gerade im Schichtdienst sind und zu ungewöhnlichen Zeiten frei haben, eigentlich ruhen würden, da am nächsten Werktag geregelte Arbeitszeiten wahrzunehmen wären oder ein Studiengang stattfinden würde, Schulen besucht werden müssten und dergleichen.

Zur Ehrrettung der im Internet unterwegs befindlichen Heiden möchte ich aber erwähnt wissen, dass es diese Forentrolle in allen Bereichen gibt, das hat nicht explizit gerade etwas mit dem Neuheidentum ausschließlich zu tun. Die gibt es in jedem anderen Themenbereich auch.

Außerdem glaube ich erkannt zu haben, dass es sich um eine übersichtliche Anzahl von herumtrollenden Usern gehandelt hat, da ja die Gesamtzahl einige paar Dutzend sicher nicht überstiegen hat und dabei noch nicht einmal die zahlreichen Doppelaccounts oder Mehrfachaccounts von so manchen Troll rechnerisch bereinigend berücksichtigt wurde.

Egal, wer vielleicht irgendwann mal Langeweile hat, dem sei es empfohlen, bevorzugt einige alten Forenthemen zu irgendwelchen heidnischen Richtungsstreitigkeiten zu lesen, die es per se im

Neuheidentum eigentlich gar nicht geben kann, weil es ja gar keine Hierarchien und allgemeingültigen Dogmen oder gar allgemein anerkannte Priester und dergleichen gibt.

Auch alle Themen, die sich mit irgendwelchen Formen von heidnischen Allmachtsfantasien beschäftigen können hier wärmstens von mir empfohlen werden. Aber nur zu Unterhaltungszwecken, bitte so etwas nicht ernst nehmen, bloß nicht.

Ich fahre seit Jahren gut damit, bei derartigen Trollthemen einfach nach dem folgenden Motto zu verfahren:

„Lesen, lachen, löschen."

Insbesondere die früheren, inzwischen jahrelang zurückliegenden, damals gefühlt monatlichen, Ausrufungen irgendwelcher neuen Heidenführer brachte immer nicht nur das virtuelle Blut zur Wallung, sondern fast immer auch einen unmittelbar darauffolgenden, unterhaltsamen Shitstorm, deren Nachwirkungen vereinzelt bis heute in Erinnerung blieben und gelegentliche, zum Glück seltener werdende, Nachgänge finden.

Ich verweise hier übrigens ganz bewusst nicht auf einzelne Foren oder Gruppen, denn zum einen sind die einschlägigen Seiten jederzeit selbst leicht zu finden, zum anderen kann meine Wahrnehmung hier auch immer nur ganz subjektiv sein. Jemand anderes würde sich vielleicht gar nicht an Beiträgen in Foren reiben, die mir negativ auffielen und umgekehrt könnte ich selbst vielleicht Beiträge gemocht haben, die andere aus ihrer Perspektive für die reinsten Trollbeiträge gehalten haben.

Nach einigen Jahren in diesem Themenbereich in Foren lesend und gelegentlich auch mal schreibend, habe ich inzwischen für mich gelernt, nichts wirklich ernst zu nehmen, wenn strittige Themen behandelt werden.

Denn eines scheint mir recht deutlich geworden zu sein, die wenigen Internetheiden und die noch wenigeren Trolle darunter sind sicher keinesfalls repräsentativ für die vielen Richtungen im Neuheidentum, es gibt ungleich mehr Neuheiden, die bei Feiern, Veranstaltungen und sonstigen Treffen wie auch Stammtischen persönlich angetroffen werden können und jeder für sich ist dann in diesem Moment sicher repräsentativer als alle Forentrolle zusammen.

Naja, nicht alle, aber viele sind das jedenfalls doch.

Das hoffe ich zumindest, denn leider besuchen auch Trolle ganz selten mal Stammtische.

Was machen nun aber Heiden eigentlich, wenn sie sich nicht im Internet oder auf Stammtischen oder Großveranstaltungen herumtreiben?

Nun sie feiern gelegentlich ihre heidnischen Feste und genau das und die Organisation drumherum soll im Folgenden beschrieben werden. Die dabei erneute Schilderung zweier beinahe Feuerunfälle, die ich auch zuvor schon kurz erwähnt habe, bitte ich den Leser zu entschuldigen, aber die waren so „schön" und passen so gut in diesen Kontext, dass ich nicht anders konnte als dies auch hierbei nochmal zu wiederholen. Es gehört hier ganz einfach mit hinein und würde bei Weglassung eine Lücke in der Erzählung verursachen.

Asche auf mein Haupt.

Aus der heidnischen Praxis einer Blotgruppe im Nordosten Berlins und angrenzendem Brandenburg. Oder auch: Ein bisschen Spaß beim Blot darf durchaus sein.

Als ich im Dezember 2013 nach der Mitgliedschaft in einigen kleineren und in meinem persönlichen Lebensumfeld regional praktisch kaum aktiven Heidenvereinen nach einer wohl hoffentlich besser zu mir passenden Heidengruppe suchte, fand ich eher zufällig einen regionalen Herd des Eldaring e.V. und die dazu gehörende Blotgruppe in meiner Region.

Damals hieß diese Gruppe noch anders, heute (Stand 2020) nennt sie sich „Eldaringherd Berlin-Nord/Ost u. Brandenburger Umland" und die dazugehörende Blotgruppe nennt sich heute „Eldaring-Blotgruppe Berlin-Buch".

Dies nur zur Erklärung um welche „Verrückten" es sich in der folgenden Geschichte tatsächlich handelt vor allem um zu vermeiden, dass fälschlich irgendjemand anderes aus einer anderen Blotgruppe dieses Vereins ungewollt und schuldlos zum Kreis genau dieses, keinesfalls repräsentativen, Grüppchens des o.g. Vereins gerechnet wird und in Folge vielleicht völlig unschuldig dem örtlichen sozialpsychiatrischen Dienst zwangsvorgestellt wird oder vom jeweiligen Lebensgefährten vorsichtshalber lebenslängliches Umgangsverbot mit dem Eldaring als Ganzes bekommt.

In der Regel gibt es 8 heidnische Feste, die wir in unserer Gruppe übers Jahr verteilt feiern, was auch als Beweis dafür gelten darf, dass es durchaus Heiden gibt, die über 3 hinaus zählen können. Erwähnt werden muss, dass nicht zwingend immer alle unsere Gruppenmitglieder zu jedem Fest anwesend sein können, da wir in der Mehrheit totale Spießer sind und so sonderbare Sachen machen wie einer geregelten Erwerbstätigkeit, Ausbildung oder gar einem Studium nachzugehen. Derart spießbürgerliches Verhalten hat leider gelegentlich zur Folge, persönlich nicht unbedingt zu jedem Jahreskreisfest immer und garantiert frei zu haben.

Meist schaffen wir es aber doch den beruflichen Alltag so zu planen, dass wir an den Festtagen, die wir vorab fürs kommende Jahr gemeinsam und rechtzeitig durchplanen, freihaben. Und im Idealfall lassen uns männliche Mitglieder dann sogar unsere Frauen dort auch wirklich hingehen oder begleiten uns sogar.

Rechtzeitige Planung ist eben zwar auch spießig aber unumgänglich für ein geplantes Frei. Dies frei nach dem hiermit als heidnisch erklärtem Motto: „Erfolg ist durchaus planbar, in Heidenkreisen aber auch vermehrt auf Glück und Zufall angewiesen."

Da wir uns als „Neuheiden" nicht gemüßigt fühlen auf den Tag genau unsere Feste, die Blots, zu feiern, einigen wir uns meist völlig „unheidnisch" auf das darauffolgende oder vorhergehende Wochenende, an dem arbeitende Menschen nun einmal am ehesten freihaben. Natürlich ließ es nicht lange auf sich warten, dass irgendwelche selbsternannten heidnischen Gralswächter von außerhalb unseres Vereins uns ungebeten darüber belehren wollten, dass dies natürlich nicht akzeptabel wäre und völlig falsch, gar unheidnisch, eben typisch „Neuheidnisch" sei.

Da wir sehr ungern unseren Familien erklärt hätten, dass das Familieneinkommen demnächst etwas schmaler werden würde, weil wir durch stures Festhalten an den vermeintlich „korrekten" heidnischen Feiertagen unsere Arbeitsplätze verloren hätten, also in meinem Fall aus purer Angst vor dem dann zu erwartenden berechtigten Zorn meiner ansonsten sehr friedfertigen Ehefrau, blieben wir bei den Wochenendfeiern. Bei den anderen Teilnehmern unserer Feste war gleiches zuvor bemängeltes spießiges Verhalten und Festhalten am Arbeitsplatz zu beobachten. Lieber wollten wir also im Zweifelsfall den Göttern und Göttinnen und allen anderen nur denkbaren Wesenheiten erklären weshalb wir am „falschen" Tag feiern, als unseren Familien erklären zu müssen, dass wir demnächst wegen Arbeits- und Einkommensverlust doch an den vermeintlich „richtigen" Tagen unsere Blots feiern könnten.

Ich nehme vorweg, dass die Götter in unserem Fall offenbar Verständnis für unsere speziellen Festplanungen hatten, denn zum einen wurden wir bisher fast immer mit bestem, trocknem Wetter bei unseren Feiern belohnt und zum anderen hat noch nie ein strafender Blitzschlag eines unserer Feste jäh und ungewollt beendet.

Dermaßen auf die zu feiernden einzelnen Festtage vorbereitet nehmen wir auch immer sehr spießbürgerlich die nächste Hürde für die anstehenden heidnischen Feiern, die Örtlichkeit.

Als Neuheide ist man ja nicht zwingend darauf angewiesen unbedingt ein uraltes, vermeintlich heidnisches Heiligtum zu finden, wiederzufinden oder einen Ort unter zweifelhaften, abenteuerlichen Begründungen zu einem ganz sicher alten heidnischen Kultort zu erklären.

Unseren Ansprüchen genügt ein halbwegs gut erreichbarer, eher ruhig gelegener, angenehmer Treffpunkt völlig, der Rest ist einfach wieder einer guten Organisation und etwas Glück geschuldet.

Wir hatten und haben einfach keine Lust, irgendwo heimlich in einem abgelegenen, schwer erreichbaren Gelände zu feiern, womöglich noch irgendwo verbotener Weise Feuer in einem Waldstück zu machen. Also mieten wir uns einfach eine zugelassene, offizielle Feuer- und Feierstelle im Freien und sichern uns so die ungestörte und legale Nutzung dieses Platzes, an dem wir dann sogar für diese Zeit das alleinige Nutzungsrecht als Mieter haben.

Natürlich wurden wir auch dahingehend unaufgefordert von vereinsfremden heidnischen „Gralshütern" darauf hingewiesen, dass eine derart

„unheidnische" Örtlichkeit, die noch dazu direkt bei einer staatlichen Einrichtung angemietet wurde, so natürlich völlig falsch gewählt wurde (was an diesem Umstand zu bemängeln wäre blieb uns bis heute völlig unerklärlich, zumal diese staatliche Stelle uns für unser Feuer, im Mietpreis inbegriffen, sogar noch trockenes Feuerholz zur Verfügung stellt). Wir wollen aber nicht undankbar sein, denn die Ausdrucke und Briefe derartiger ungebetener Nachrichten haben nicht nur stets zu unser aller Belustigung beigetragen, sondern dienten tatsächlich auch gelegentlich einem nützlichen Zweck, nämlich als Anzündpapier für unser dort dann wenigstens völlig legal entfachtes Festfeuer.

Von dort gelegentlich aber selten vorbeikommenden Spaziergängern oder Wandergruppen lassen wir uns nicht stören, im Gegenteil wir hatten schon viel Spaß mit einigen gelegentlichen Passanten.

Die meisten gehen eh schnell weiter, anderen boten wir auch schon mal mit den Worten: „Kommen sie ruhig näher, wir sind Heiden und opfern hier den alten Göttern," einen Schluck Met oder ein Stück Kuchen an. Manche verlassen dann fluchtartig den Ort, wohl in der Angst in kürze als menschliches Opfer dienen zu müssen, gefressen zu werden oder schlicht vor Schreck, obwohl wir derart gefährlich nun auch wieder nicht aussehen, eher wie Spießer (aber das hatten wir ja schon), vielleicht ist es gar das was sie vertreibt. Manche blieben aber auch, nahmen mal ein Schlückchen Met und erkundigten sich was wir denn da genau täten. Aber so oft kommt dort sowieso keiner vorbei.

Richtig aufdringlich oder unangenehm wurde dort bisher nie jemand, so dass wir auch noch nie unser dortiges, angemietetes Hausrecht Zufallspassanten gegenüber ausüben mussten.

Was aber genau passiert da nun eigentlich an unseren Feiertagen/Blots auf unserer angemieteten Feuerstelle?

Eigentlich gar nichts Spektakuläres, abgesehen von einigen kleineren unbeabsichtigten Unfällen, die fast zu einer ebenso ungewollten, wie jähen, personellen Verkleinerung unserer Gruppe geführt hätten. (Dazu im Folgenden noch mehr).

Zunächst einigen wir uns vorab darauf, welche Götter und Wesen wir überhaupt anrufen möchten, wer das dann im Einzelnen jeweils machen möchte und dann machen wir das einfach. Nachdem wir die Stelle eingehaselt, also befriedet haben und so nicht nur rituell, sondern zusätzlich auch ganz praktisch gereinigt und von Müll befreit haben, entzünden wir ein kleines Feuer auf der dafür vorgesehenen offiziellen Feuerstelle und bauen unsere Speisen und Getränke auf einem dazu etwas ausgeschmückten Tisch auf. Von diesen Speisen und Getränken wird dann später geopfert und der Rest wird von uns verzehrt bei einem geselligen Beisammensein.

Da wir „Neuheiden" sind, brauchen wir auch keinen Ritual- oder Blotleiter, sondern jeder übernimmt bestimmte vorab abgesprochene kleinere Aufgaben freiwillig oder lässt es bleiben und nimmt einfach nur am Geschehen teil.

Wer was an Speisen und Getränken mitbringt wird vorher über unsere Mailingliste, telefonisch oder auch im Vereinsforum oder auf Stammtischtreffen abgesprochen, sonst würde nämlich Thomas Met mitbringen, der andere Thomas auch, Torsten würde dann Met mitbringen, Volker würde diesmal dann mal Met mitbringen, Daniela auch und Susi würde heute auch mal Met mitbringen und Roberto würde das bereits eingepackte Bier wieder wegstellen und doch lieber mal Met mitbringen heute, genau wie alle anderen auch.

Glücklicherweise verfügen wir über moderne Kommunikationsmittel , die es uns erlauben ein ausgewogenes Verhältnis der mitgebrachten Getränke und Speisen zu erzielen, denn obwohl sich hin und wieder in der öffentlichen Wahrnehmung ein anderes Bild von Heiden einschleicht, trinkt tatsächlich nicht jeder Heide Met oder überhaupt alkoholische Getränke, so dass wir zum Beispiel immer auch zusätzlich ein Trinkhorn mit Saft kreisen lassen und an kalten Tagen zum Aufwärmen auch Kaffee und Tee im Angebot haben.

Einzig meine Tochter hat in sehr jungen Jahren peinlichst genau darauf geachtet einen Schluck Met aus dem Trinkhorn zu ergattern, natürlich unter dem strengen und kontrollierenden Blick beider Eltern. Ich glaube sie kam überhaupt nur freiwillig mit, weil dies für sie die einzige Gelegenheit im Jahr war, überhaupt mal an einen kleinen Schluck Met zu gelangen und dies dann provokativ allen anderen Verwandten, vor allem den Großeltern, mitzuteilen.

Dies war also für sie wohl der Hauptgrund gerne teilzunehmen, ergänzt nur noch von so ungewolltem Slapstick wie dem bereits vorab in diesem Buch beschriebenen Spaß als eine Mitfeiernde gerne eine Flasche Schnaps im Feuer opfern wollte, zu einem Zeitpunkt als ich noch recht nah am Feuer stand. Im Nachhinein betrachtet wollte sie vielleicht doch gar nicht den Schnaps als Brandopfer darbringen, sondern eher mich. Völlig unheidnisch habe ich dieses Selbstopfer aber verweigert und einfach nicht richtig Feuer gefangen. Mein heidnisches Gewissen quält mich dafür immer noch und ich erwarte ständig für diese sture Verweigerungshaltung im Nachhinein noch heidnisch exkommuniziert zu werden, von wem auch immer. (Wo sind übrigens die selbsternannten, vereinsfremden, heidnischen Gralshüter, wenn die Gesamtheit der Heiden sie für so etwas mal braucht?) Aber später haben wir an diesem Tag dann noch alle gemeinsam lange darüber gelacht, nachdem der Schreck bei mir und die Schadensfreude bei den Anderen abgeklungen war.

Gern erwähnt wird bei unseren Festen in diesem Zusammenhang auch immer wieder der selbstlose heidnische Einsatz als einer unserer Teilnehmer (und örtliche ER-Ansprechpartner) das nicht ganz abgelagerte Holz mittels geeignetem Brandbeschleuniger anzünden wollte und danach passend zur Frisur auch keine Augenbrauen mehr hatte. Aber auch hier hielten die Götter offensichtlich ihre schützenden Hände über uns und er erlitt dabei nicht die kleinste Verletzung, lediglich eine modische Stilumgestaltung auf Zeit ergab sich daraus. Aber auch darüber haben wir später alle gemeinsam noch lange gelacht.

Und ich bin mir inzwischen auch sicher, unsere Götter haben Humor.

Wie auch sonst sollte der Umstand erklärlich sein, dass unsere Gottheiten sich ausgerechnet auch von solch einem illustren Haufen wie uns anrufen lassen.

Da wir ja grundsätzlich auch zu unseren Feiern interessierte Leute zulassen, die nicht zu unserem Verein gehören, offenbart sich der göttliche Humor auch dabei gelegentlich. Zwar prüfen wir schon, soweit es uns möglich ist, wer uns da besuchen kommen möchte, da uns radikale Ideen jeglicher Art nicht interessieren und wir diese Leute auch nicht in unserem Umfeld haben möchten, aber dies verhinderte nicht, dass wir auch schon sonderbare Besucher anderer Art hatten. Von einigen sich wichtig nehmenden, angeblichen „Magiern", „Hexenmeistern", „Druiden", „Schamanen" und sonstigen „Oberpriestern" und Esoterikern, die uns allesamt gleich mal nicht nur die heidnische Welt erklären wollten, sondern alle anderen Belange des Universums gleich mit offenbaren wollten aber erkennbar an den einfachsten Belangen des alltäglichen Lebens, wie zum Beispiel der grundsätzlichen Bereitschaft zu einer geregelten Erwerbstätigkeit, funktionierenden Beziehung oder einer halbwegs erfolgreichen Sozialisation selbst persönlich anscheinend gescheitert waren. Abgesehen davon, hatten wir auch von anderen eher harmlosen Leuten Besuch, die vermutlich schon während ihrer Schulzeit unter jedem Aufsatz die Bewertung:" Thema leicht verfehlt" zu stehen hatten. Anders konnte ich mir jedenfalls nicht erklären, dass diese eigentlich zunächst unauffällig und freundlich wirkenden Zeitgenossen nun ausgerechnet bei uns Jesus und alle anderen monotheistischen Götter, noch dazu in einem Atemzug, preisen und verehren wollten. (Ich bin mir durchaus des eigentlich unlogischen Wortspiels von monotheistischen Göttern im Plural bewusst). Aber naja vielleicht haben die einfach nur das Thema verfehlt oder sind auf der Anreise falsch abgebogen und haben die falsche Veranstaltung erwischt oder waren gar einfach religiöse Universalisten, wer weiß das schon, ist auch nicht schlimm, war sicher auch nicht böse gemeint gewesen, eher lustig und unterhaltsam allemal.

Aber wenn die Götter schon Humor haben und uns ein derartiges Unterhaltungsprogramm bei einigen Festen geboten haben, nahmen wir es eben auch mit Humor und amüsierten uns darüber. Eigenartig wie wenig Humor solche professionellen o.g. Welterklärer aber auch die eingangs erwähnten ungebetenen meist selbsternannten heidnischen „Gralshüter" dann mitunter selber haben, die kommen uns nämlich in der Regel nicht wieder besuchen was auch durchaus in unserem Interesse ist, denn hatte ich es schon erwähnt? Wir sind voll die „Spießer" und haben es gerne ruhig und harmonisch um uns herum, vor allem beim Blot.

Was machen wir sonst noch? Wer uns so sieht wird es nicht für möglich halten, wir treiben als Laufgruppe Sport und starten bei regionalen, öffentlichen, sportlichen Wettkämpfen für unseren Verein, aber dazu verweise ich auf den in diesem Buch bereits vorangehenden Beitrag: „Die Sportgruppe stellt sich vor".

Gibt es Hierarchien in unserer Gruppe? Wie bei den mir persönlich näher bekannten „Neuheiden" üblich, gibt es natürlich keine Hierarchien, jedenfalls ganz sicher nicht in unserer Gruppe, außer dass unsere Frauen selbstverständlich am besten wissen wann wir Lust haben ein Fest zu organisieren, wie wir es organisieren wollen und was wir da machen sollten. Selbstverständlich wissen unsere Frauen auch am besten was wir bei unseren Festen besser sein lassen möchten, was das Ganze kosten darf und wie die Arbeiten zur Vorbereitung aufzuteilen sind.

Ich kenne keinen einzigen männlichen Heiden in unserem kleinen Grüppchen bei dem das anders wäre.

An dieser Stelle weise ich ausdrücklich darauf hin, dass mich meine liebe Frau nicht zwingt dies alles genau so zu formulieren. Allerdings weiß ich auch ganz genau was für mich und ein künftig weiter unfallfreies Eheleben gut ist. Hatte ich das eigentlich schon erwähnt?

Kurz, wir haben keinen Ritualleiter, auch keinen Gruppenchef oder sonst etwas in der Art, brauchen wir auch nicht, aber wenn wir das hätten wäre es sicher eine unserer lieben Frauen.

Wer nun durch diesen Beitrag nicht völlig abgeschreckt ist vom heidnischen Treiben im Nordosten Berlins und des dortigen Brandenburger Umlands und den dort phasenweise und rudelweise auftretenden „Sonderlingen" des örtlichen Grüppchens vom Eldaring, darf sich gerne einmal als Gast zu einer Feier anmelden und mit unserem regionalen Ansprechpartner (dessen Augenbrauen inzwischen auch wieder nachgewachsen sind s. O.) Kontakt aufnehmen.
Auf den letzten Seiten dieses Buches sind dafür Kontaktmöglichkeiten zum Eldaring e.V. aufgeführt, der deutschlandweit regionale Ansprechpartner, Herdwarte genannt, hat und regionale Gruppen des Vereins unterhält.
Man muss also noch nicht einmal zu der zweifellos privilegierten Einwohnerschaft Berlins und des Brandenburger Umlandes gehören, um irgendwo in Deutschland oder benachbartem Ausland eine regionale Gruppe des Eldaring zu finden um sich persönlich ein Bild machen zu können über die einzelnen regionalen Blotgruppen und Herde dieses Vereins. Nein, viel „schlimmer", der Eldaring sucht fast jede Region in Mitteleuropa mit eigenen regionalen Heidengruppen, Herde genannt, heim.

In diesem Sinne wünscht sich unsere Blotgruppe selbst und allen anderen Blotgruppen und deren Gästen und Interessierten auch weiterhin viel Spaß beim Bloten. Bleibt gesund!

Freundschaften und Bekanntschaften in Gruppen und Vereinen

Ich nehme hier ausdrücklich sowohl auf vereinsfreie Gruppen als auch auf Vereine Bezug, die ich persönlich alle kontaktiert und kennengelernt hatte, das waren insgesamt fünf. In diesem Thema gehe ich mehr auf die Verbindungen und Strukturen der Gruppen und Vereine untereinander und im Einzelnen ein, hierzu wiederhole ich einige Punkte, die ich auch schon unter dem Thema „Die Suche nach Neuheidnischem und deren Gruppen und Vereinen" angeschnitten hatte, wo es mir für das Verständnis nötig erscheint. Das waren dann mehr als die zuvor nur drei beschriebenen Vereine, nämlich wie oben erwähnt insgesamt fünf mit den anderen Gruppen und Stammtischen zusammen.

Irgendwann war ich also, nach diversen Windungen und Wendungen, irgendwie im Neuheidentum angekommen. Ich hatte neben kurzen Intermezzos bei kleineren Gruppen, die ich hier nicht weiter aufführen brauche, weil es dazu nichts von irgendeinem Belang mich und meiner persönlichen Suche betreffend zu berichten gäbe, auch mindestens fünf weitere Gruppen kennengelernt, wobei die fünfte Gruppe dann auch meine bis jetzt endgültige Bezugsgruppe wurde.

Diese letzte Gruppe, bei der ich also geblieben bin und in deren Verein ich auch eingetreten bin, ist vermutlich eben deswegen „meine" Gruppe geworden, weil sie eben gar nichts mit den vorherigen Gruppen und Vereinen zu tun hatte. Weder personelle, noch über bestimmte allen Gruppen zwangsläufig gemeinsamen Minimalnennern hinaus fachliche, noch organisatorische und schon gar nicht etwaigen hierarchische Gemeinsamkeiten konnte ich feststellen.

Meine Suche hatte ein Ende gefunden. Meine Suche wohlgemerkt, denn das was ich so lange suchte muss ja nun gerade nicht dasselbe sein das andere angehende Neuheiden suchten. Bei denen war es vielleicht genau umgekehrt und diese haben eben ganz andere Ansprüche und Erwartungen an Gruppen als ich und wurden eventuell mit den genau gegensätzlichen Suchparametern fündig und eben bei anderen Gruppen glücklich.

Das ist gut so und wünschenswert aus meiner Sicht, denn genau das spiegelt die neuheidnische Vielfalt wunderbar wider und macht dieses Themenfeld ja auch gerade interessant, denn im Neuheidentum kann es meiner Meinung nach so etwas wie Deutungshoheiten oder den alleinseligmachenden Weg nicht geben. Jedes auch noch so kleine neuheidnische Grüppchen hat seine eigene legitime Berechtigung und damit zufriedene Mitglieder.

Aber warum brauchte ich selbst nun so lange um meine Gruppe zu finden?

Ich hatte es schon angedeutet, es mag Zufall gewesen sein oder auch mit der historischen Entwicklung der „Heidenszene" seit dem Entstehen von Heidengruppen in den späten 1980er Jahren zu tun haben.

Ich habe keine einzige Heidengruppe oder gar Heidenverein kennengelernt und weiß auch von keinem, der zur jetzigen Zeit wirklich alt ist. Zwar wurden immer mal wieder, manchmal noch zur Kaiserzeit irgendwelche heidnischen Gruppen gegründet, mir ist aber keine einzige bekannt, die die 1960er Jahre überhaupt erlebt bzw. darüber hinaus existent als Verein war. Fast alle wurden bis dahin aufgelöst, sind überaltert oder wurden einfach aufgrund mangelnder Aktivitäten aus den Vereinsregistern gestrichen. Ich kann hier natürlich nur auf die mir bekannten Fälle bezugnehmen, ich glaube aber kaum, dass ich dabei irgendeinen Verein aus dem Spektrum des germanischen Heidentums übersehen hätte.

Kurz ab Ende der 1980er Jahre sind, soweit von mir in Erfahrung gebracht, wieder Neuheidnische Gruppen und Vereine gegründet worden oder unter alten Namen wieder neu gegründet oder eingetragen worden.

Diese damals aktive Heidenszene bestand in den 1980er Jahren wohl aus recht wenigen Personen, die nach und nach aktiv wurden.

Die erste von mir dann viel später gefundene Gruppe gehörte zu den damals wohl ersten aktiv gewordenen

Gruppen. Kurioser Weise war die zweite Gruppe, die ich danach traf, eine Abspaltung dieser ersten Gruppe, sowohl inhaltlich als auch personell. Die nächste, also meine dritte Gruppe, die ich treffen durfte war ihrerseits eine Abspaltung einer anderen (mir nicht weiter bekannten) Gruppe, die sich ebenfalls von der ersten von mir getroffenen Gruppe abgespalten hatte, aber nicht als Verein, sondern als freier Zusammenschluss von Gleichgesinnten aktiv war.

Dann traf ich auf einen offenen Stammtisch, der wiederum personell eng verbunden war mit „meiner" dritten Gruppe, so dass dieser Stammtisch dann die vierte Gruppe wurde die ich kennenlernen sollte. Dieser Stammtisch, der von einem Organisator betrieben wurde, der seinerseits wieder aus dieser dritten Gruppe kam und nun etwas neues Eigenes machte aber auch wieder inhaltliche und vor allem personelle Schnittstellen mit den vorhergehenden Gruppen hatte, bestand damals wohl also auch aus einigen Leuten, die zu diesem Zeitpunkt bereits mehrere Gruppenteilungen hinter sich hatten.

(Diese ganzen Gruppenverflechtungen und deren Dynamik wurde mir selbst aber erst sehr viel später bekannt, zum damaligen Zeitpunkt wusste ich rein gar nichts darüber welche Gruppe mit welcher anderen Gruppe verflochten, aus der hervorgegangen oder abgespaltet worden war).

Mit einigen Mitgliedern dieses Stammtischs, der vierten Gruppe, hatte ich mich auch ziemlich schnell angefreundet. Zwei meiner Bekannten traf ich dann später überraschender Weise auch wieder bei dem offenen Stammtisch meines späteren Vereins, da diese wohl fast zeitgleich auch auf der Suche nach einem Verein waren.

Dieser offene Vereinsstammtisch in Berlin-Buch war dann die fünfte Gruppe die ich traf, die aber zu diesem Zeitpunkt keine mir bekannten personellen Verflechtungen zu den anderen vorangehend von mir getroffenen Gruppen hatte.

Ganz schön kompliziert, das gebe ich zu und sicher schwer nachzuvollziehen beim Lesen. Ich bitte dafür um Vergebung, ich hätte es mir selbst auch viel einfacher gewünscht.

Aber warum nun wurde die letzte Gruppe nun „meine" Gruppe, was war bei denen anders als bei den anderen Gruppen, Vereinen, Stammtischen?

Ganz einfach, diese Gruppe, jedenfalls dieser regionale Teil dieser Gruppe, war in Berlin und Brandenburg präsent, der dazu gehörende Verein war sogar deutschlandweit und darüber hinaus sogar in Österreich und der Schweiz präsent und aktiv.

Bevor ich, fast zeitgleich, auf meiner Suche die beiden letztgenannten Stammtische in Berlin heimsuchte, war mir gar nicht bewusst, dass es überhaupt andere Heiden außer mir und meiner Familie in und um Berlin sowie im Brandenburger Umland gab. Denn von den Leuten aus den ersten Gruppen und Vereinen die ich traf wohnte niemand in oder in der Nähe von Berlin und dessen Brandenburger Umland. Selbst diejenigen die in den 1980er Jahren in Berlin aktiv gewesen waren, wohnten zu der Zeit als ich anfing mich fürs Neuheidentum zu interessieren schon längst nicht mehr in Berlin. Wenn sich die mit mir bekannten Neuheiden aus meinen ersten Gruppen überhaupt mal in meiner Nähe also im Umkreis von oder in Berlin trafen, was sowieso äußerst selten vorkam, dann sind diese extra aus dem übrigen Bundesgebiet angereist.

Bis zum Jahresende 2012 war mir als geborener Berliner und heute noch im Nahbereich wohnender Heide nicht klar, wie viele Heiden in dieser Gegend tatsächlich wohnen. Ich hatte bis fast zu meinem Eintritt zu dieser Zeit (also Dezember 2012) in meine heutige Gruppe, dem Eldaring und dessen regionaler Berliner Untergruppe, praktisch kaum überhaupt Heiden in Berlin gekannt und selbst im Eldaring sind praktisch kaum Mitglieder die ich zuvor, also vor meinem dortigen Vereinseintritt, schon bei meiner Suche nach Gleichgesinnten kennengelernt hätte.

Das dürfte dann auch der Hauptgrund dafür sein, dass dies „meine" Gruppe wurde.

Dieser Verein hatte praktisch keinerlei bedeutende personelle Verflechtungen mit den anderen zuvor von mir kennengelernten Gruppen, während die vorangegangenen Gruppen alle irgendwie miteinander verbandelt und auseinander hervorgegangen waren.
Dieser Verein (der Eldaring) war vielleicht auch dadurch anders aufgestellt, es gab keine Hierarchien, zwar musste und muss auch dieser Verein natürlich die vom deutschen Vereinsrecht vorgeschriebenen

Vereinsorganisation haben mit Vorstand, Mitgliederversammlung, Satzung usw., aber es gab und gibt in den regionalen Gruppen, die in diesem Verein Herde genannt werden, niemanden der irgendetwas alleine entscheiden könnte oder dürfte. Es gibt einen Herdwart, der lediglich als Kontaktperson für Interessierte zur Verfügung steht, aber selbst der hat nichts weiter zu entscheiden, auf regionaler Ebene muss dort durch die Gruppe gemeinsam organisiert und entschieden werden. Es gibt keine eingesetzten Ritualleiter, keine allgemeingültigen Dogmen, dafür aber viel Spielraum für in etwa Gleichgesinnte, die zusammen etwas machen wollen, das im Vereinsziel als kleinster gemeinsamer Nenner festgelegt ist, nämlich Neuheidentum basierend auf germanischem Heidentum, heute auch oft Asatru genannt. Und dieses vage Vereinsziel lässt viel Raum für unterschiedliche Auslegungen und persönliche Vorlieben, so dass dort jeder, frei nach dem alten Fritz, nach seiner Façon selig werden kann.

Mir stellt sich immer noch die Frage, wie konnte ich überhaupt so lange bei meiner Suche nach anderen Heiden diesen Verein und diese Regionalgruppe übersehen. Zumal es sich ja auch noch um den mitgliederstärksten Verein in Deutschland handelt, der fast überall auch regional mit Gruppen vertreten ist.

Es ist mir selbst völlig schleierhaft.

Vielleicht lag es an der unaufgeregten Art dieses Vereins, der zumindest damals in meiner

Wahrnehmung eher in sich selbst ruhte, der war sozusagen so breit aufgestellt, dass es vergleichsweise wenig Streit gab. Jedenfalls nicht untereinander und im Vergleich zu einigen anderen Protagonisten der seinerzeitigen Heidenszene. (Was nicht heißt, dass es hier mitunter nicht auch zur Sache gehen kann, denn das habe ich selbst auch schon miterleben dürfen). Vielleicht trug und trägt zu dieser Ruhe aber auch bei, dass es dort eben, wie zuvor erwähnt, für jeden ein Eckchen gab und gibt, in dem er oder sie mit anderen Gleichgesinnten seine Vorstellung von Heidentum ausleben konnte und kann.

Das hat möglicherweise dafür gesorgt, dass der Mitgliederbestand deutlich stabiler ist und Mitglieder sich eben langjährig an den Verein gebunden fühlen. Daher steigt die Mitgliederzahl seit vielen Jahren wohl auch stetig langsam an, (auf z. Zeit etwa 370 Mitglieder, Stand Mai 2020) was eine offensive Mitgliederwerbung völlig unnötig macht, zumal sich das Neuheidentum generell wohl kaum als Missionsreligion versteht, jedenfalls in dem Umfeld in dem ich mich bisher bewegt habe.

Was ist nun aber von der eigentlichen Suche im und um das Neuheidentum an persönlichen Kontakten, Bekanntschaften und Freundschaften geblieben?

Einiges, ganz kurz gesagt.

Natürlich habe ich während meiner jahrelangen Suche auch Leute kennengelernt, sowohl persönlich als auch in den sozialen Medien, deren Bekanntschaft mir heute nicht mehr wichtig ist. Zu denen ich auch den Kontakt abgebrochen habe oder diesen einschlafen ließ.

Wenn man eine Gruppe kennenlernt und wieder verlässt, indem man einfach wieder austritt auf der Suche nach Neuem, besser zu einem passenden, dann lernt man viel über den Charakter einzelner Gruppenmitglieder der verlassenen Gruppe. Dies ist sicher kein ausschließlich neuheidnisches Thema, aber trotzdem interessant. Ich habe Gruppen verlassen und die Bekanntschaft mit den dort tonangebenden Mitgliedern über viele Jahre weitergeführt, teils bis heute und wenn wir uns auf irgendwelchen Veranstaltungen zufällig treffen, schwatzen wir gerne miteinander und gehen freundschaftlich miteinander um.

Mit anderen habe ich immer noch zumindest in den sozialen Medien Kontakt und halte den auch gerne weiter.

Mit einem an der Ostsee lebenden Ehepaar bin ich zum Glück sogar immer noch sehr gut befreundet und mindestens einmal im Jahr besuchen wir uns auch, wobei ich bei dem alten Pinselschwinger auch gerne seine neuesten Bilder bewundere, die in seinem brandneuen Atelier hängen, meist nicht lange, da er von seinen Arbeiten lebt und diese für meine Begriffe daher leider viel zu schnell verkauft werden. Diese beiden waren damals kurz nach mir aus einer Gruppe ausgetreten und konnten sich bis jetzt nicht aufraffen, meiner jetzigen Gruppe beizutreten.

Aber das ist auch gar nicht nötig, denn unsere Veranstaltungen dürfen sie ja auch als Gäste

besuchen und wichtig ist mir viel mehr den Kontakt
zu halten. Denn wenn wir so jährlich
beisammensitzen und uns gemeinsam erinnern was
für lustige und auch sonderbare Typen wir so
gemeinsam kennen und zu ertragen gelernt haben,
dann ist das immer wieder höchst unterhaltend und
außerdem feiern wir auch heute noch jedes Jahr
mindestens ein Fest zusammen.

Aber jede Medaille hat zwei Seiten, ich habe auch
maßgebliche Mitglieder von Gruppen, aus denen ich
ausgetreten bin, erlebt, die den ganz normalen
Austritt aus ihrer Gruppe offenbar sehr persönlich
und sehr übelgenommen haben. Mit denen habe ich
natürlich gar keinen Kontakt mehr und würde eine
solche Bekanntschaft auch nicht wiederaufleben
lassen wollen, wozu auch, man kann ja anderen
Menschen, wenn es sinnvoll erscheint auch einfach
aus dem Weg gehen und muss sich dann mit denen
und deren Auffassungen auch nicht mehr weiter
beschäftigen.
Das hilft in der Regel allen Beteiligten, die sicher alle
auch etwas Sinnvolleres zu tun haben sollten.

In meiner jetzigen Gruppe habe ich im regionalen
Umfeld einige sehr gute Freunde gefunden mit denen
ein derart guter Kontakt besteht, dass wir
gelegentlich auch außerhalb unserer
Gruppenaktivitäten etwas zusammen unternehmen.
Ob wir dabei unsere Ehefrauen gemeinsam zum Tanz
ausführen (was denen mitunter sowieso wichtiger
erscheint als irgendwelche heidnischen Aktivitäten)
oder wir nur einen gemeinsamen Grillnachmittag

machen (den nun wieder unsere Kinder als viel wichtiger ansehen als irgendwelchen heidnischen Aktivitäten zu verfallen), ist im Grunde austauschbar.

Es haben sich jedenfalls tatsächlich Freundschaften im persönlichen Umfeld ergeben, deren Kit nicht mehr überwiegend im gemeinsamen Gruppenerlebnis liegt, sondern in gegenseitiger Sympathie zu finden ist. Zweifellos würden auch diese Freundschaften ohne eine gemeinsame Heidengruppe halten, genau solche Leute habe ich auch so lange über diese Jahre gesucht, für meine ganz persönlichen Begriffe seriöse Menschen, Familienmenschen, mit denen ich auch außerhalb des gemeinsamen Feierns heidnischer Feste Kontakt haben wollen würde. Mit denen klappt dann nämlich die gemeinsame Organisation der Heidengruppe auch viel einfacher, weil man sich freundschaftlich und mit Respekt voreinander begegnet.

Aber auch innerhalb des weiteren Vereinsumfeldes haben sich für mich sehr gute Freundschaften mit Vereinsmitgliedern ergeben, die über weite Teile Deutschlands verteilt leben. Ja sogar „Westfalen" sind darunter, was können die auch schon dafür nicht in oder um Berlin herum geboren worden zu sein. Mit einem dieser Freunde teile ich mir seit vielen Jahren auf allen größeren Vereinsveranstaltungen ein Zimmer über mehrere Tage lang, nicht nur, weil dieser denselben Beruf wie meine liebe Frau ausübt und fast die gleichen Herkunftswurzeln hat wie diese, da meine verehrte, liebreizende Ehefrau ebenfalls Ostwestfälische Wurzeln hat, sondern weil wir uns sympathisch sind.

Den Unterschied zwischen Westfalen und Ostwestfalen habe ich übrigens ohnehin nie verstanden, weil für mich spätestens 15 Kilometer hinter der Berliner Stadtgrenze sowieso alles einfach nur ein wundervoller aber völlig anderer und vor allem anderssprachiger Kulturraum ist.

Wichtig ist für mich persönlich nur, auch da entstehen Kontakte, ja Freundschaften und auch hier besucht man sich auch mal einfach auch ohne besonderen Anlass, weil die Chemie stimmt.

Und auch hier gilt meiner Feststellung nach, dass derartige Freundschaften auch das Miteinander im Verein befördern und Grundlage sind für vertrauensvolle Zusammenarbeit, gerade wenn vielleicht auch mal schwierige Situationen im Verein gemeistert werden müssen.

Insofern war meine lange und zeitaufwändige Suche nach Gleichgesinnten auch nicht nur in dieser Sache letztendlich für mich erfolgreich, sondern auch auf persönlicher Ebene eine Bereicherung.

Gut Ding will Weile haben. Oder auch nach Schiller:

„Drum prüfe, wer sich ewig bindet, ob sich das Herz zum Herzen findet!" (1)

Erstaunlich wie wahr doch derart alte Weisheiten auch heute noch sind, ob ich meine Suche hätte etwas verkürzen können, wenn ich darauf von Anfang an dringlicher geachtet hätte?

Ich weiß es nicht, aber ganz sicher hätte ich auch viel Interessantes und Lustiges versäumt kennenzulernen, wenn dem so gewesen wäre.

(1) Friedrich von Schiller,1799, aus: Das Lied von der Glocke

Und das ganz kleine bisschen Aufregung und einige kleinere Enttäuschungen bei der Suche sind nichts im Vergleich zu den vielen wunderbaren und engagierten Menschen, die ich dabei kennenlernen durfte, was ich inzwischen auch für ein großes Privileg halte.

Familie und Kinder im Heidentum

Kinder sind je jünger sie noch sind umso mehr, so wunderbar ehrlich. Meine Frau im Zusammenhang mit unseren neuheidnischen Aktivitäten leider auch.

Zu einem der ersten Feste einer der ersten Heidengruppen, die ich anfangs kennenlernte, nahm ich damals meine siebenjährige Tochter mit. Nicht weil ich das so unbedingt wollte, sondern weil die Kleine gerne mitkommen wollte. Kleine Mädchen in dem Alter sind nun mal neugierig und Neuem gegenüber aufgeschlossen, solange wenigstens ein Elternteil dabei anwesend ist. Auch ist mein kleines Töchterlein ein recht tiefenentspanntes Kind gewesen für dieses Alter, so dass auch nicht zu befürchten war, dass das „Kleinlon" irgendwie groß stören würde oder gar zu quengeln anfangen würde.

Hat sie auch nicht, sie verfolgte die Feier, also das Blot, interessiert an meiner Seite, soweit sie das ganze eben überhaupt schon verstehen konnte.

Nach dem Fest kam uns meine Frau mit dem Auto abholen und traf dann auch auf den Ritualleiter dieses Blots, der sich daraufhin in die Richtung äußerte, Kinder hätten auf einem Blot nichts zu suchen, das sei störend. Ich sah den Blick meiner Frau und wusste, das wird demnächst kompliziert. Nachdem dann irgendwann einmal aus diesem Umfeld auch noch die Sinnhaftigkeit heute in unserer Gesellschaft überhaupt noch Kinder in die Welt zu setzen angezweifelt wurde, war hier die Klappe bei meinem Frauchen gefallen. Ich war mir bewusst, diese Leute würden nie mehr irgendetwas noch so Tolles oder Nettes machen können um diese verbale Scharte bei meinem lieben Eheweib in ihrer Eigenschaft als Kampfglucke wieder gut zu machen.

Ich erspare dem Leser den genauen Wortlaut ihrer Ausführungen zur Thematik und schließe dies mit dem Hinweis darauf ab, dass diese Gruppe für uns von da ab nicht mehr weiter von Bedeutung war.

Aber zurück zum eigentlichen Thema dieses Beitrags. Ich bin grundsätzlich gegen jede Form von Zwang oder sanften Druck gegenüber Kindern, wenn es um Fragen der Teilnahme an religiösen Veranstaltungen jeglicher Art geht. Ich glaube man darf sehr wohl sein Kind mit der eigenen Spiritualität, in meinem Fall mit meinem Interesse am Neuheidentum, bekannt machen. Aber die Teilnahme des Kindes sollte freiwillig sein und nicht indoktriniert werden.

Erzwingen lässt sich da ohnehin nichts und Zwang wäre auch kein Weg zeitgemäßen, modernen Neuheidentums.

Immerhin hatte ich etwas Arbeitskapital schon vor der Geburt unserer Tochter offenbart bekommen. Als wir bei einem befreundeten Ehepaar zur katholischen Taufe von deren Tochter eingeladen waren und meine damals hochschwangere Frau neben mir auf der Kirchenbank saß, fing das kleine Wesen in ihrem Bauch bei dem ersten Glockengeläut sofort an im Bauch um sich zu schlagen.

Damit konnte ich arbeiten.

Später habe ich dann völlig zwanglos mit meiner kleinen Tochter für uns beide wunderschöne Dinge beim Blot an einer alten Findlingssetzung im Wald ganz in unserer Nähe erlebt. Zum Beispiel einmal als nur wir beide dort waren, ein blauer, kleiner Schmetterling angeflogen kam und sich auf den Handrücken meiner Tochter setzte, mitten beim kindgerechten Blot dort eine Weile verharrte und dann weiterflog. Daran erinnert sich meine Tochter heute noch als fast schon erwachsene junge Frau.

Zugegebenermaßen bin ich in meiner Familie derjenige, der am meisten am Heidentum Interesse zeigt. Gelegentlich, aber eher selten, begleitet mich auch mal meine Frau zu einem Blot unserer regionalen Vereinsgruppe. Allerdings reicht es ihr völlig hin und wieder mal ein Fest zu besuchen, mehr Neuheidentum als das braucht sie eben nicht. Sie hat auch noch nie eine der großen überregionalen, über mehrere Tage gehenden Veranstaltungen unseres Vereins besucht.

Dann kommt meine Frau doch lieber mal viel regelmäßiger mit zu unseren kleinen, übersichtlichen Stammtischen, da fällt immerhin eine gemeinsame warme Mahlzeit ab und wir brauchen nicht kochen und sie wird gleichzeitig auch noch ausgeführt.

Unser sehr engagierter Herdwart hat sogar schon, sehr zur Freude unserer Frauen, zu Tanzabenden in geeigneten Gastronomiebetrieben geladen.

Hin und wieder besucht auch unsere Tochter nun unsere Treffen und feiert mal mit, zumindest wenn es ihre Zeit zulässt, es hat ihr also offensichtlich keinen Schaden bereitet als Kind hin und wieder zu Blots mitgekommen zu sein.

Das freut mich persönlich zwar sehr aber ich würde auch damit leben können, wenn sich mein Kind ein atheistisches Weltbild oder eine agnostische Überzeugung zugelegt hätte, genauso wie ich auch nicht in Ohnmacht gefallen wäre, wenn sie sich doch noch für eine Rückkehr in den Schoß von Mutter Kirche entschlossen hätte.

Ich würde ihr lediglich ausrechnen, dass es deutlich preisgünstiger für jeden Steuerzahler ist Neuheide zu sein als Kirchensteuerzahler. Einen derartigen letzten Trumpf für den Notfall wird man sich wohl nicht nehmen lassen wollen.

Ich empfehle aus meiner Erfahrung heraus Kinder, wenn sie das denn auch wirklich aus freien Stücken heraus selber wollen, ruhig zu kindgerechten, angemessenen Tageszeiten zu Blots mitzunehmen und wenn sie verspricht sich zu benehmen auch die dazugehörende Mutter ebenfalls mitzunehmen. Jemand muss ja auch schließlich das Auto zurückfahren, wenn der Gatte die Situation ausnutzt und etwas mehr Opfermet und Bier trinkt.

Natürlich habe ich mich für diese Sätze sofort nach der Niederschrift in die Wohnzimmerecke gestellt und mich fünf Minuten lang still geschämt.

Kinder gegen ihren Willen zum Blot mitzunehmen empfehle ich übrigens auch aus anderen Gründen überhaupt gar nicht. Wenn nämlich gefesselte und geknebelte, zum Mitkommen gezwungene Kinder neben der Feststelle rumliegen, könnten zufällig vorbeikommende Wanderer dies nämlich als vermeintliche Vorbereitung eines heidnischen Menschenopfers gründlichst missverstehen.

Ein solches Bild in der öffentlichen Wahrnehmung gilt es natürlich möglichst zu verhindern.

Also Leute seid lieb zu euren Kindern und euren Lebensgefährten und Gefährtinnen, zwingt bitte niemals irgendjemanden, auch nicht durch sanftesten Druck, bitten oder quengeln, irgendetwas mitzumachen, wofür diesen in diesem Moment nicht der Sinn steht.

Ich halte es für viel vielversprechender Energie darauf zu verwenden etwas zu suchen das allen Beteiligten zusagt, eben den kleinsten gemeinsamen Nenner zu finden. Selbst wenn das dann nur der gemeinsame Stammtischbesuch beim Heidenstammtisch zu einem gepflegten Essen wäre.

Übrigens sollte es innerhalb einer Familie auch überhaupt gar kein Problem sein, wenn sich überhaupt nur ein Einzelner für etwas so „Sonderbares" wie das Neuheidentum interessiert. Jeder kann sein eigenes Ding machen, das sollte in unserer Gesellschaft eigentlich selbstverständlich sein.

Bilder

Nachfolgend darf sich der geneigte Leser, im wahrsten Sinne des Wortes ein Bild machen.

Wohlgemerkt ein Bild, denn natürlich sind die abgebildeten Menschen und Ereignisse nicht im mindesten repräsentativ für irgendwelche Gruppen, es sind eben nur Bilder von einigen Leuten aus Gruppen, bei einigen ihrer Aktivitäten.

Nachfolgend 3 Bilder der Sportgruppe des Eldaring:

Bundeswehrcrosslauf   v.l.n.r. Patrick, Birgit, Volker

Silvesterturmlauf Woltersdorf bei Berlin 2016 in der Mitte Meike, 2.Platz der Frauengesamtwertung

Strausseelauf 2019 Thommy, 3.Platz seiner AK

Fotos von Blotstellen der Eldaring-Blotgruppe Berlin-Buch:

Für die Feiern des „Eldaring-Herd Berlin-Nord/Ost und Brandenburger Umland" jeweils angemietete Waldgrillstelle in Berlin-Buch

Holz Idol im eigenen Gartenbereich des Wohngrundstücks für die kleinen Familien-Blots mit kleinstem Freundeskreis

Ein vorläufiges Resümee meiner Suche und des Erlebten

An dieser Stelle denke ich wird es Zeit ein Resümee des Erlebten und Gesuchten zu machen. Ein vorläufiges Resümee ist es, weil ich wohl noch jung genug bin um noch vieles mehr zu suchen, zu finden und vor allem zu erleben.

Da meine Hausärztin mir in letzter Zeit keine gesundheitlichen Horrormitteilungen gemacht hat und auch mein Arbeitgeber, gemessen an der Anzahl der mir noch aufgetragenen Arbeitsfelder, wohl nicht davon ausgeht dass ich in nächster Zeit schlapp machen werde und vor allem an dem Optimismus meiner lieben Frau gemessen, die noch für Jahrzehnte Arbeitsaufträge für Haus, Hof und Garten für mich bereitgestellt hat, glaube ich hoffen zu dürfen, noch genug Zeit zu haben für viele Erlebnisse und Suchen in dem diesen Buch zugrunde liegenden Thema, dem Neuheidentum.

Aber selbst das bisher Erlebte wird von mir ganz persönlich dankbar angenommen und ich kann jedem empfehlen, ganz egal für was sich der einzelne Leser sonst so alles interessiert, für welche Hobbys, Gedanken, Interessengebiete oder spirituelle Richtungen, der Suche danach Zeit zu geben, auch Rückschläge und negative Erfahrungen zu akzeptieren, denn die gehören dazu und alle anderen Erlebnisse zuzulassen. Sich umdrehen und wieder gehen kann man immer aber nur wenn man sich vorher überhaupt auf die Suche gemacht hat.

Irgendetwas das einem gefällt findet man sicher auch immer. Manchmal findet man das sogar dort wo man es am wenigsten vermutet hätte.

Ich habe auf meiner Suche im Neuheidentum viele Gruppen und Personen getroffen.

Viele zu denen ich komischer, sonderbarer Kautz passte, einige zu denen ich weniger passte.

So einige waren unglaublich interessant, manche hielten weniger Überraschendes oder Interessantes für mich bereit.

Sicher, sogar ganz sicher, sind mir dabei einige auf die Füße getreten und ich habe wohl auch einigen auf die Füße getreten, aber keines, nicht ein einziges Erlebnis davon möchte ich im Nachhinein missen.

Ich habe Streit in Neuheidenkreisen miterleben müssen, so wie Streit eben immer in allen gesellschaftlichen Gruppen vorkommt.

Ich habe aber auch und dass viel öfter als den Streit, einen wunderbaren Umgang zwischen Menschen dabei erleben dürfen, Akademiker verschiedener Fachrichtungen, die nicht müde wurden Laien wie mir einige Themen der aktuellen Fachrichtungen rund ums Heidentum nahezubringen und dabei geduldig immer neue Fragen zu beantworten.

Menschen, die mich genau wie andere Interessierte in ihre Mitte nahmen und großzügig Einblicke in ihr neuheidnisches Tun und Handeln gewährten.

Engagierte Menschen, die Vereine und Gruppen immer ehrenamtlich und unentgeltlich vertraten und vertreten, neben den ganz alltäglichen Anforderungen, die ihnen das Leben, der Beruf, die Familie sonst noch so stellten. Was mir immer, auch heute noch, einen tiefen Respekt vor diesen Leuten abverlangt.

Und zu guter Letzt all die kauzigen, liebenswerten Individualisten, die man auch in Gruppen immer mal wieder antreffen kann, die außerhalb dieser Gruppen einen so einzigartigen aber für sie genau richtigen Lebensstiel haben, der nie der meine werden würde, der aber trotzdem interessant ist und Vielfältigkeit bietet. Vor allem für einen derart nach überkommenen Werten lebenden Menschen wie mich selbst, der sich aber trotzdem gerade am zuvor Unbekannten gerne erfreut.

Ich habe mit voller Absicht keine Namen von Personen aus Heidenvereinen oder Gruppen sowie Verantwortliche von Stammtischen, Treffen oder Ähnlichem genannt.

Ebenso habe ich auch keine Vereine, Gruppen oder Internetseiten und Foren benannt, mit Ausnahme des Vereins und der Gruppe in der ich selbst inzwischen seit Dezember 2013 ausgesprochen gerne Mitglied bin.

Das hat natürlich einen Grund, ich möchte nämlich niemanden einen Weg vorzeigen oder davon abhalten ganz persönliche und eigene Erfahrungen mit den vielen unterschiedlichen Heidenvereinen,

Gruppen, Stammtischen, Blotgruppen, Foren, Facebookgruppen oder Internetseiten, sowie den überregionalen Großveranstaltungen von Heidenvereinen zu machen.

Ich möchte ganz im Gegenteil ausdrücklich dazu auffordern, falls Interesse am Neuheidentum egal welcher Richtung besteht, sich umfangreich und gründlich zu informieren.

Ich bin mir sicher, da ist immer irgendwo für jeden am Heidentum Interessierten etwas dabei.

Meinen „eigenen" Verein, korrekt ausgedrückt eher den Verein in dem ich nun seit einigen Jahren und einer langen und interessanten Suche Mitglied bin, habe ich natürlich benannt, weil ich diesen aus meiner, wohlgemerkt aus meiner ganz persönlichen und subjektiven, auf gar keinen Fall unparteiischen, Sicht natürlich wärmstens empfehlen kann.

Wie könnte ich auch anders, ist dieser Verein und die dazugehörige regionale Gruppe und die darin so aktive und von mir so sehr geliebte Sportgruppe doch eben das Ergebnis meiner zuvor so langen heidnischen Odyssee.

Aus diesem Grund gebe ich weiter hinten auch die Kontaktadressen dieses Vereins an und nur dieses Vereins, andere Gruppen und Vereine findet jeder ganz leicht selbst zuhauf bei einfachster Recherche im Internet.

Auch möchte ich auf einige Bücher aus dem Umfeld der Mitglieder meines Vereins verweisen, die meiner

Meinung nach einen guten Start und einen ersten recht vollständigen Gesamtüberblick über das Themenfeld des Neuheidentums verschaffen können.

Im Moment führt mich meine eigene Suche zu einem interessanten Projekt, das ich hier nicht unerwähnt lassen möchte und das schon spannende Aspekte für mich brachte und ganz sicher auch noch bringen wird.

Das Neuheidentum hat in Deutschland inzwischen eine recht stabile Anzahl an Interessierten und Mitgliedern in Gruppen und Vereinen mit sinnvollen Verknüpfungen und Arbeitsprojekten untereinander.

Dies ermöglicht in einem Zusammenschluss von einigen Vereinen der verschiedenen neuheidnischen Richtungen und vielen Privatpersonen ein Projekt zu starten, das zum Ziel hat in Deutschland ein erstes neues und für alle daran beteiligten polytheistischen, heidnischen Gruppen und Vereinsmitgliedern dieses Projektes eine eigene Kultstätte zu errichten und zu betreiben.

Dieses Projekt hat die Rechtsform eines eingetragenen Vereins angenommen und neben Privatpersonen sind daran auch verschiedene Heidenvereine, darunter unter anderem auch der Eldaring e.V., als juristische Mitglieder beteiligt.

Dieser gemeinsame neuheidnische Verein heißt:

Heidnischer Tempelbau e.V.

und ist erreichbar unter:

heidnischer-tempelbau.org

Ich glaube hier meine nächsten interessanten Erlebnisse haben zu können.

Ich danke meiner Tochter Meike für die geduldige Hilfe bei dem Bedienen des Computers und der Hilfe bei der Formatierung und all den kleinen Problemen, die ein Computeridiot wie ich so alles haben kann.

Gleichzeitig danke ich meiner Frau Daniela für das Gegenlesen des Textes und der wertvollen Hinweise und Korrekturvorschläge sowie dafür, für die kleinen Frechheiten in diesem Buch ihr gegenüber, nicht allzu hart bestraft worden zu sein.

(Merke häusliche Gewalt kennt auch Männer als Opfer)

Natürlich danke ich auch Thommy, meinem lieben langjährigen unfreiwilligen HSB sowie Birgit, Meike und Patrick für die Erlaubnis unsere Bilder von der Sportgruppe hier abdrucken gedurft zu haben. Sowie dafür, mich bei unseren heidnischen Sportaktivitäten und Wettkämpfen immer irgendwie über die Ziellinie geschliffen zu haben. Meine Frau sagt „geprügelt" darf ich nicht schreiben.

Zu guter Letzt danke ich Thomas, unseren langjährigen, unermüdlichen, geduldigen Berliner Herdwart, der so geduldig unsere regionale Gruppe alleine durch seine so ruhige und seriöse Art immer wieder am Laufen gehalten hat.

Kontakte, Erreichbarkeiten, Buchvorschläge

-Eldaring e.V.

Clarenstraße 11

32052 Herford

-Internet:

eldaring.de

Eldaring – Forum

-Facebookgruppe des Eldaring:

Eldaring e.V.

-Facebookgruppe regional Berlin/Brandenburg:

Eldaring e.V. Herd Berlin-Nord/Ost u. Brandenburger Umland

-Facebookgruppe der jährlichen Ostaragroßveranstaltung:

Ostara

-Vom Autor empfohlene Literatur:

Herdfeuer-Die Zeitschrift des Eldaring e.V.
Im Handel oder über den o.g. Verein zu beziehen
über E-Mail an: schatzmeister@eldaring.de

ISSN 1611-4604

-ganz unbedingt zu empfehlen:

Asatru -Die Rückkehr der Götter-

von Kveldulf Hagan Gundarsson, erweiterte
deutsche Ausgabe Kurt Oertel

ISBN 978-3-939459-63-7

-und natürlich:

Aufgeklärtes Heidentum

von Andreas Mang

ISBN 978-1479279944

Ein ganz kleines Stichwortverzeichnis

Asatru – vereinfacht ausgedrückt eine der vielen Bezeichnungen für neuheidnische Gruppen, die sich von der alten Bezeichnung der Göttersippe der Asen ableitet und die Religionen des vorchristlichen germanischsprachigen Kulturkreises neu wiederbeleben und praktizieren möchten.

Blot – heidnisches Opferfest bei dem Speisen und Getränke geopfert und gemeinsam verzehrt werden. Götter und mythologische Wesen sowie Ahnen kultisch angerufen werden.

Eldaring e.V. – Deutschlands mitgliederstärkster Heidenverein des germanischen Heidentums mit zurzeit etwa 380 Vereinsmitgliedern.

Herd - regionale Gruppenbezeichnung für die örtlichen Mitglieder des Eldaring e.V.

Herdwart – regionaler Ansprechpartner des Eldaring e.V. ohne sonstige Befugnisse

111

Opfern/Opfer – Das Übergeben durch ablegen, verbrennen, versenken etc. von Speisen und Getränken sowie persönlicher Gaben und das anschließende gemeinsame Verzehren der übrigen Speisen und Getränke, für und zu Ehren der Götter und Göttinnen, der Wesen der sogenannten niederen Mythologie und der Ahnen, oft verbunden mit der Bitte um Schutz oder Gegengaben.

Ritualgruppe/Blotgruppe – Zusammenschluss einer Gruppe von Personen, die zusammen neuheidnische Feste, Jahreskreisfeste (in der Regel 8) oder Rituale sonstiger Art feiern und gemeinsam organisieren.

Ein letzter Tipp!

Bitte immer dran denken, erscheint einem oder trifft man auf einen sich irgendwie als besonders wichtig oder unentbehrlich darstellenden oder gar irgendwie, von wem auch immer, angeblich in irgendeine heidnische Position eingesetzten Menschen, ist eine gewisse Skepsis angebracht und eine Überprüfung und Hinterfragung des Behaupteten durchaus sinnvoll. So stellen sie etwas leichter sicher auf die überwiegend seriöse und angenehme Mehrheit der Neuheiden zu treffen.

Das ist im Heidentum/Neuheidentum nicht anders als in allen anderen Belangen des täglichen Lebens auch.

Davon ausgenommen sind natürlich normale z. Bsp. vom deutschen Vereinsrecht zwingend vorgegebene, unverzichtbare Organisationsstrukturen und deren meist ehrenamtliche, absolut notwendige, oft völlig selbstlose Funktionsträger.

Buchempfehlung:
Die Steinformation aus Findlingen in Woltersdorf bei Berlin
Autor: Volker Meyer   Verlag: BoD   ISBN: 978-3-7519-6746-4

Volker Meyer, Meike Meyer und Ernst Zienow

Die Steinformation aus Findlingen
in Woltersdorf bei Berlin

Eine fast vergessene Senke mit Steinreihen im Wald

Covergestaltung und Fotoauswahl unter freundlicher Mitwirkung
von Meike Meyer, Potsdam 2020/2021